INHALT

9. Kapitel:
Vergeltung

9. Kapitel
Vergeltung

TICK
TACK
TICK
TACK
TACK
TACK
TICK
TICK
TACK

TACK
TICK
TICK
TACK
TICK
TACK

...

Wo bin ich ...?

TICK
TACK
II
TICK
TACK
TICK
I

GRPP

Warum? Wieso hab ich...

... schon wieder ...?

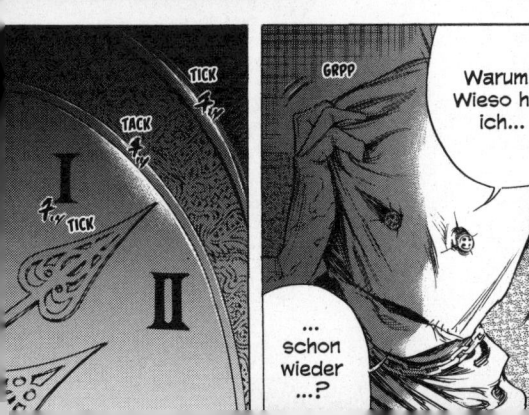

... dieser Frau?

In der Villa ...

WWWTT

KNRSH KNRSH KNRSH

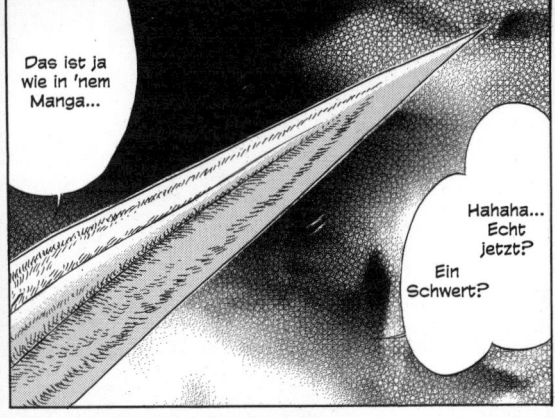

Das ist ja wie in 'nem Manga...

Hahaha... Echt jetzt? Ein Schwert?

ZING

Manga ...

Gaaaugaaaargh!

Ich fass es nicht... Hahaha-haha...

Haha... Cool...

Hahahaha Hahaha

Hahaha Haha

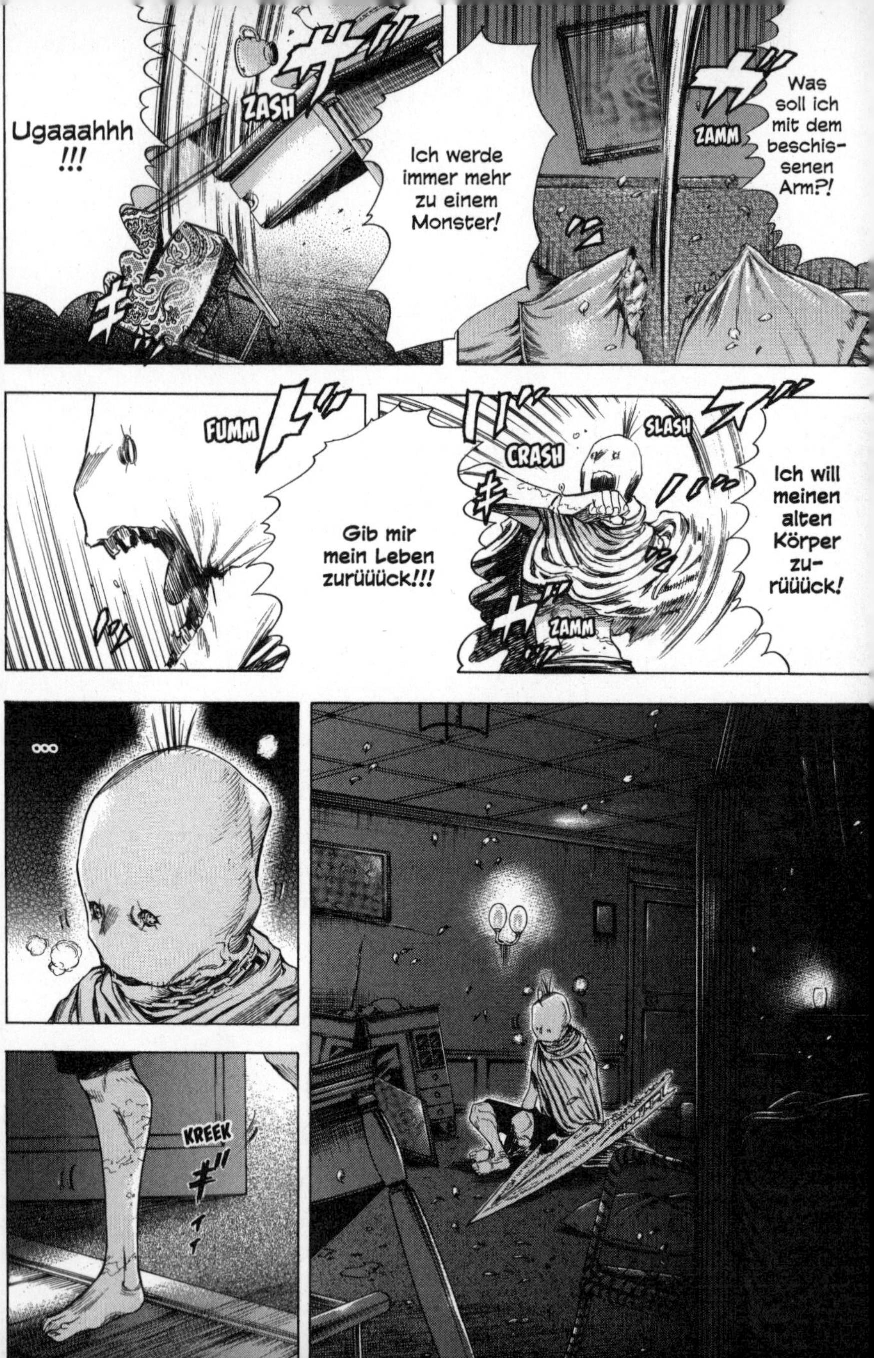

Ugaaaahhh!!!

Ich werde immer mehr zu einem Monster!

Was soll ich mit dem beschissenen Arm?!

Gib mir mein Leben zurüüück!!!

Ich will meinen alten Körper zu- rüüück!

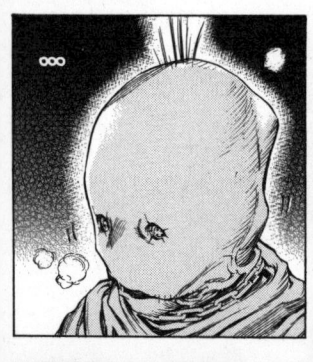

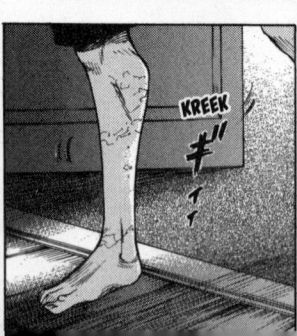

Wo steckt diese schlitzmäulige Schlampe?

Na schön, dann töte ich sie eben... mit diesem Arm.

Hey ...

Du da! Wo steckt dieses Weib?

Elendes Miststück...

Wo ist Miwako?

WOO

Wer
bist
du?

Und lüg
mich bloß
nicht
an...

F-
Ferkel-
chen?

FWAPP

FWAPP

Ich weiß
genau, dass
deine Herrin
mein Ferkelchen
getötet hat...

Sag nicht,
du bist
seine...

Diese
Maske...

SNIFF

SNIFF

!!

Weil die
hier immer
noch ein
wenig nach ihr
riecht...

... nur,
weil er
der Die-
ner einer
anderen
war?

HAPP

Wie
kann
sie es
wagen,
ihn so
grausam
hinzu-
richten
...

ROLL ROLL ROLL
KONG

Ugheblob-
lobloblob-
lobb!!!

Ich mache
es so, wie
Miwako es mit
Ferkelchen
getan hat.

Ich werde
dich irgend-
wo an einen
Baum binden
und dich den
Sonnenauf-
gang genie-
ßen lassen.

SUFF
SUFF SUFF

Keine
Sorge, so
schnell töte
ich dich
nicht...

Nicht mal seine Menschengestalt wollte er zurück. Er hat nie seinen Anteil am Blut getrunken...

... sondern immer das ganze Herz für mich ausgepresst.

SNFF

SNFF

SNFF

SNFF

Er war so ein guter Diener, voller Hingabe für seine Herrin...

Du sollst dieselben Qualen erleiden wie Ferkelchen...

SNFF

SNFF

SNFF

... Blut... trinken, werden wir wieder zu... zu Menschen?

H-heißt das etwa, wenn wir...

Menschengestalt...? Anteil am... Blut?

Hä? Ist nicht wahr! Nicht mal das weißt du?

SST

... wird euer halberweckter Zustand für eine gewisse Zeit neutralisiert und ihr erhaltet eure menschliche Gestalt zurück.

Ganz recht. Wenn ihr Diener Blut trinkt...

ZUCK

ZUCK *Blut... menschliches Blut...*

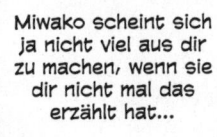

Miwako scheint sich ja nicht viel aus dir zu machen, wenn sie dir nicht mal das erzählt hat...

... hängt von der Menge und Qualität des Blutes ab.

Für wie lange ihr Mensch sein könnt...

Wenn ich das trinke, dann kann ich wieder...

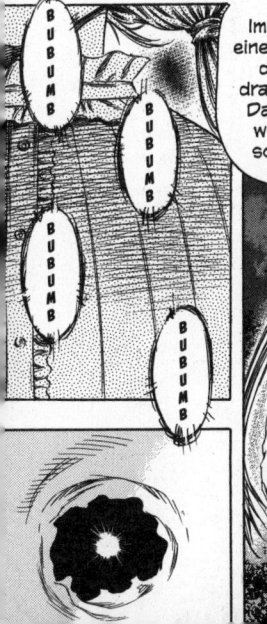

BUBUMB BUBUMB BUBUMB BUBUMB

Immerhin eine Sache, die du draufhast. Das ging wirklich schnell.

Sag mal, sind deine Ohren und dein Mund etwa schon nachgewachsen?

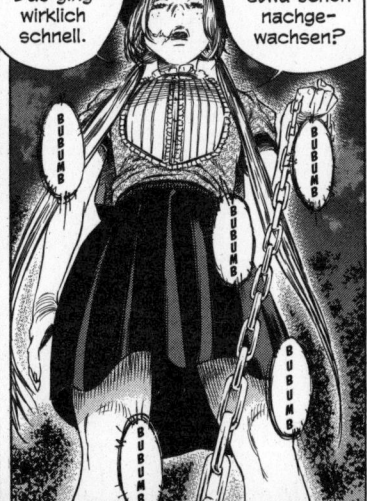

BUBUMB BUBUMB BUBUMB BUBUMB

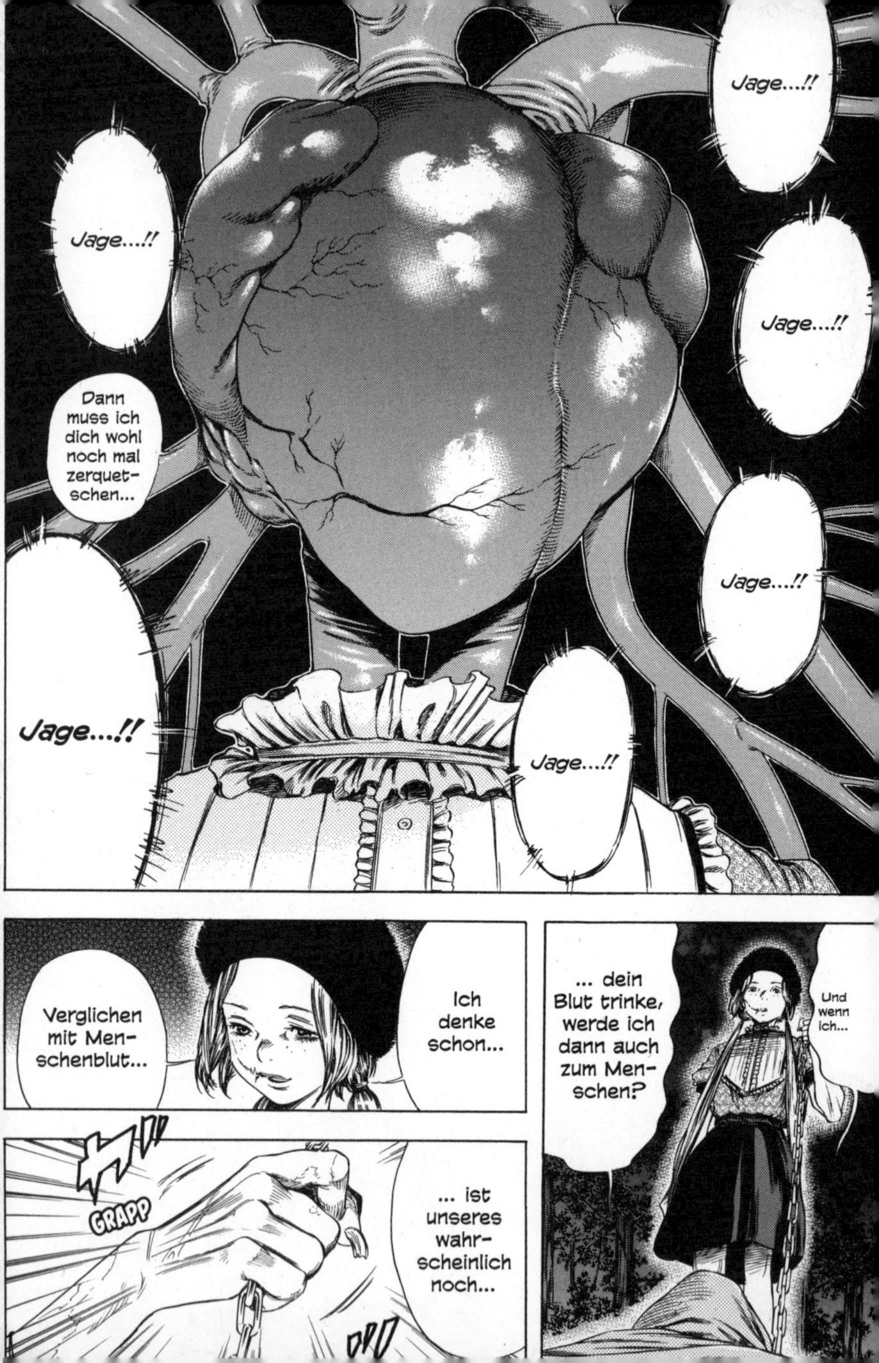

Jage...!!

Jage...!!

Jage...!!

Dann muss ich dich wohl noch mal zerquetschen...

Jage...!!

Jage...!!

Jage...!!

Jage...!!

Verglichen mit Menschenblut...

Ich denke schon...

... dein Blut trinke, werde ich dann auch zum Menschen?

Und wenn ich...

GRAPP

... ist unseres wahrscheinlich noch...

Deshalb geht es hier so lebhaft zu...

Sieh an...

Wir haben ja einen Gast!

SSST
スッ

Oh Mann... bei denen scheint echt alles möglich zu sein...

Miwako ...!!

Darf ich fragen, wer du bist?

Um diese Zeit mache ich immer hinten im Garten Yoga.

Tut mir leid, dass ich dich nicht bemerkt habe.

Wir kennen uns noch nicht... oder?

Was willst du hier?

...

ZUCK ZUCK

Du scheinst ziemlich aus der Fassung geraten zu sein, also...

Du siehst ziem-lich... wie soll ich sagen... häss... nein...

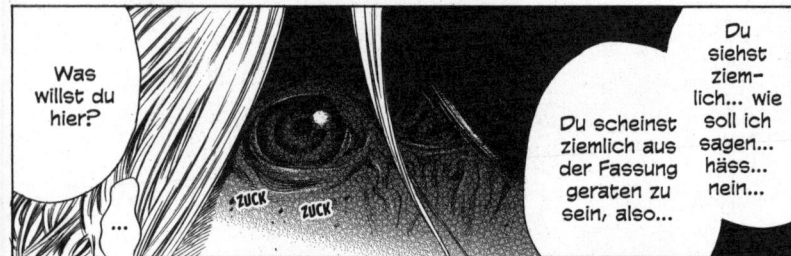

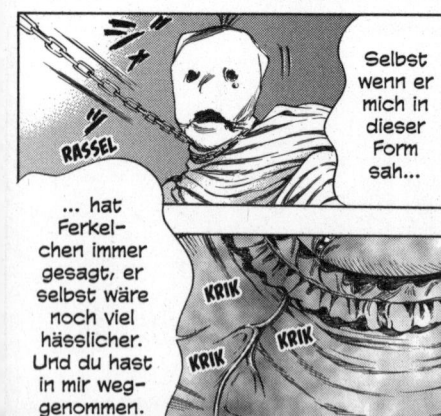

RASSEL

Selbst wenn er mich in dieser Form sah...

... hat Ferkel-chen immer gesagt, er selbst wäre noch viel hässlicher. Und du hast in mir weg-genommen.

KRIK

KRIK

KRIK

Miwako... Ich weiß, dass ich dich in dei-ner eigenen Domäne nicht töten kann... aber...

... das ist mir egal.

Dafür
werde ich
dich bis ans
Ende aller
Tage töten
und töten
und töten!!!

GAAARR

ZURR

Sieh
dich
nur
an...

Schon
wieder
ganz
zerfled-
dert...

Kyah!

FLAMP

ZUCK ZUCK

ZUCK

Du
bist eine
wandelnde
Kata-
strophe...
Osamu.

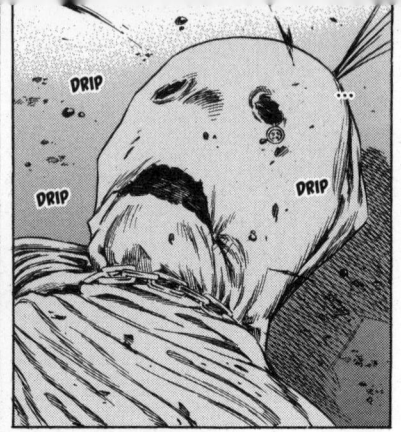

DRIP

DRIP

DRIP

...

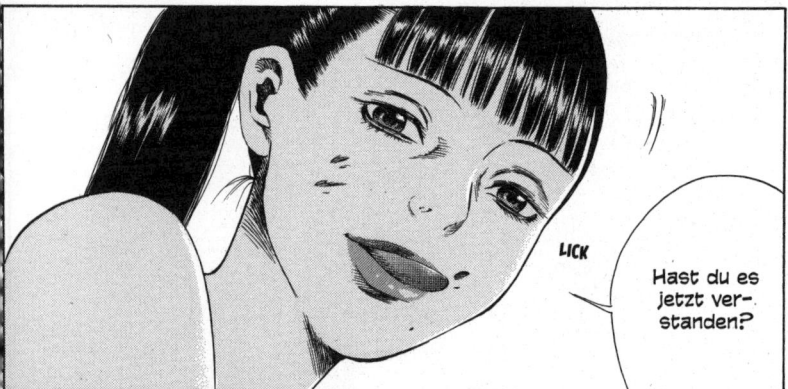

LICK

Hast du es jetzt ver- standen?

SWUSH

TAUMEL

TAUMEL

TAUMEL

SLULULUSH

Wie amüsant!

Wie Zwillings-schwestern ...

Aber ich frage mich, wieso du so hässlich bist.

KATSCH

Gya!

Aus der wievielten Generation stammst du denn?

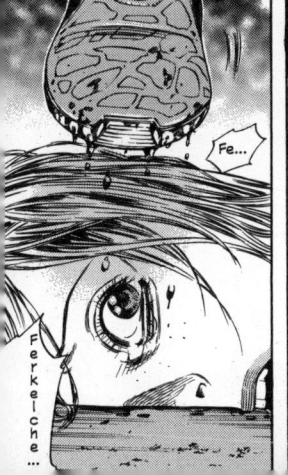

Fe...

Ferkelche ...

Gegen mich, ein Original ...?

Dachtest du wirk-lich, du könntest gewin-nen?

SST

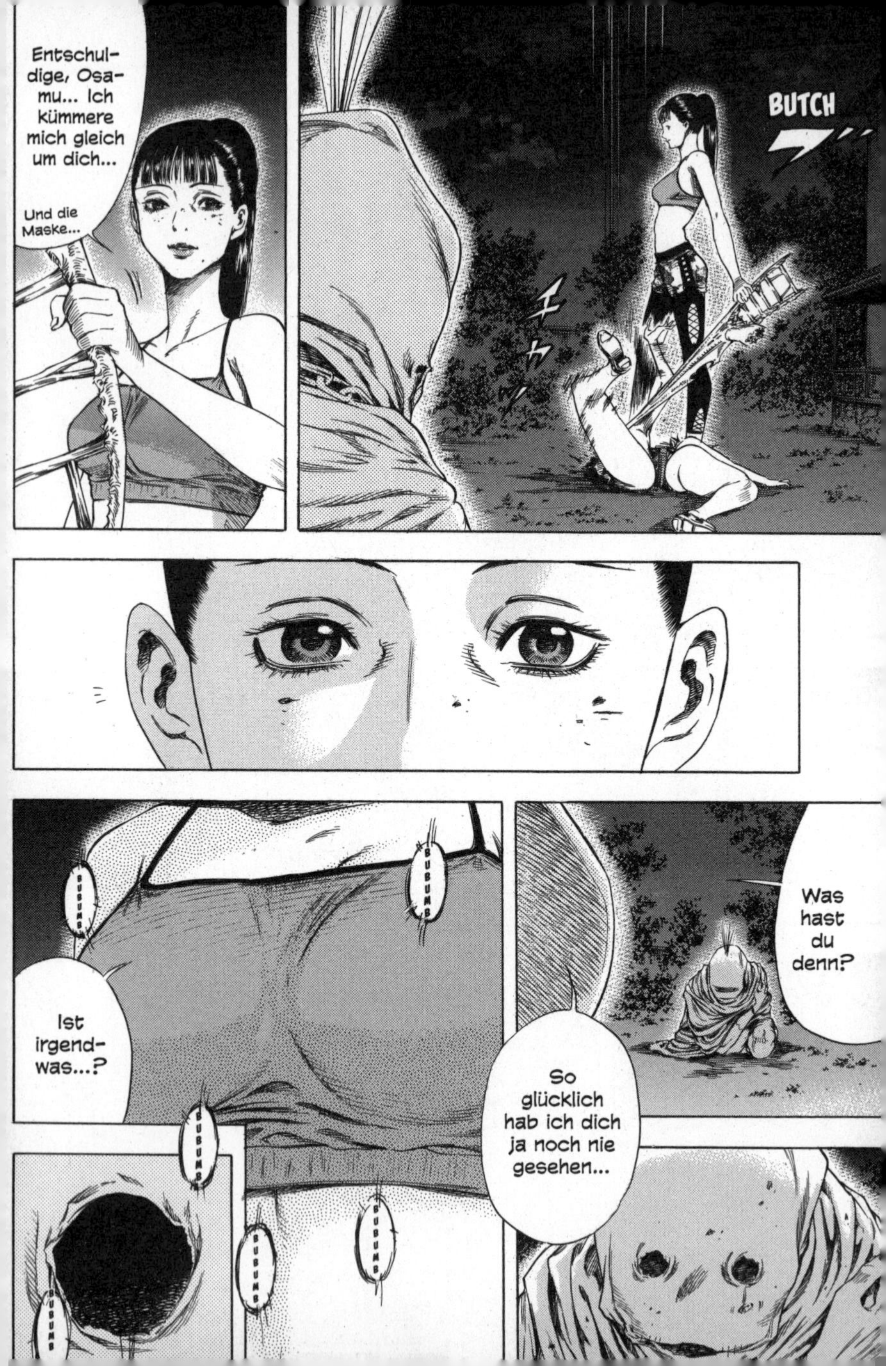

Entschuldige, Osamu... Ich kümmere mich gleich um dich...

Und die Maske...

BUTCH

Was hast du denn?

Ist irgendwas...?

So glücklich hab ich dich ja noch nie gesehen...

Jage....!!

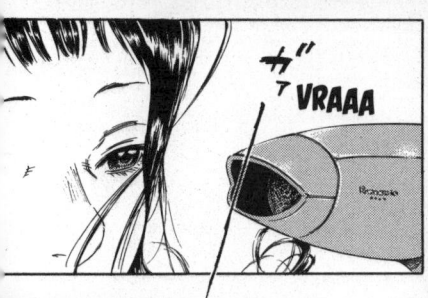

＋" VRAAA

Was ist nur mit Osamu los? Seit gestern hat er keine meiner Nachrichten gelesen...

Er ist doch nicht etwa wieder ausge-büchst?!

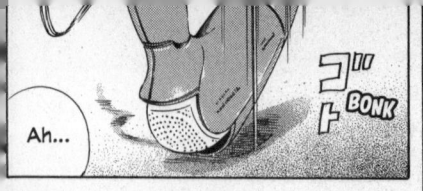

Ah...

Ich Tollpatsch...

Nein, bestimmt nicht! Schließlich hat er mir im Krankenhaus...

VRAAA

VRAAA

Hä...?

WELK

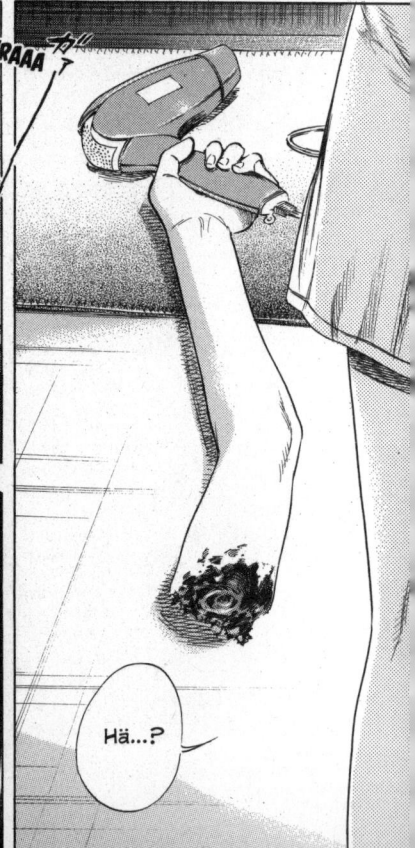

Hä...?

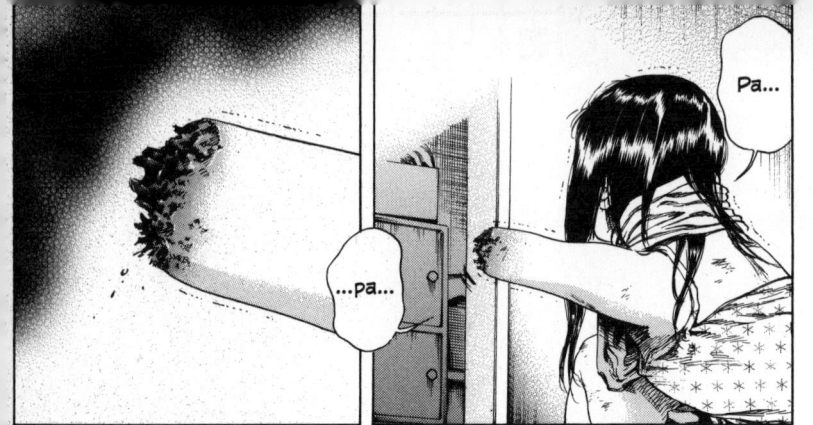

10. Kapitel
Umarmung

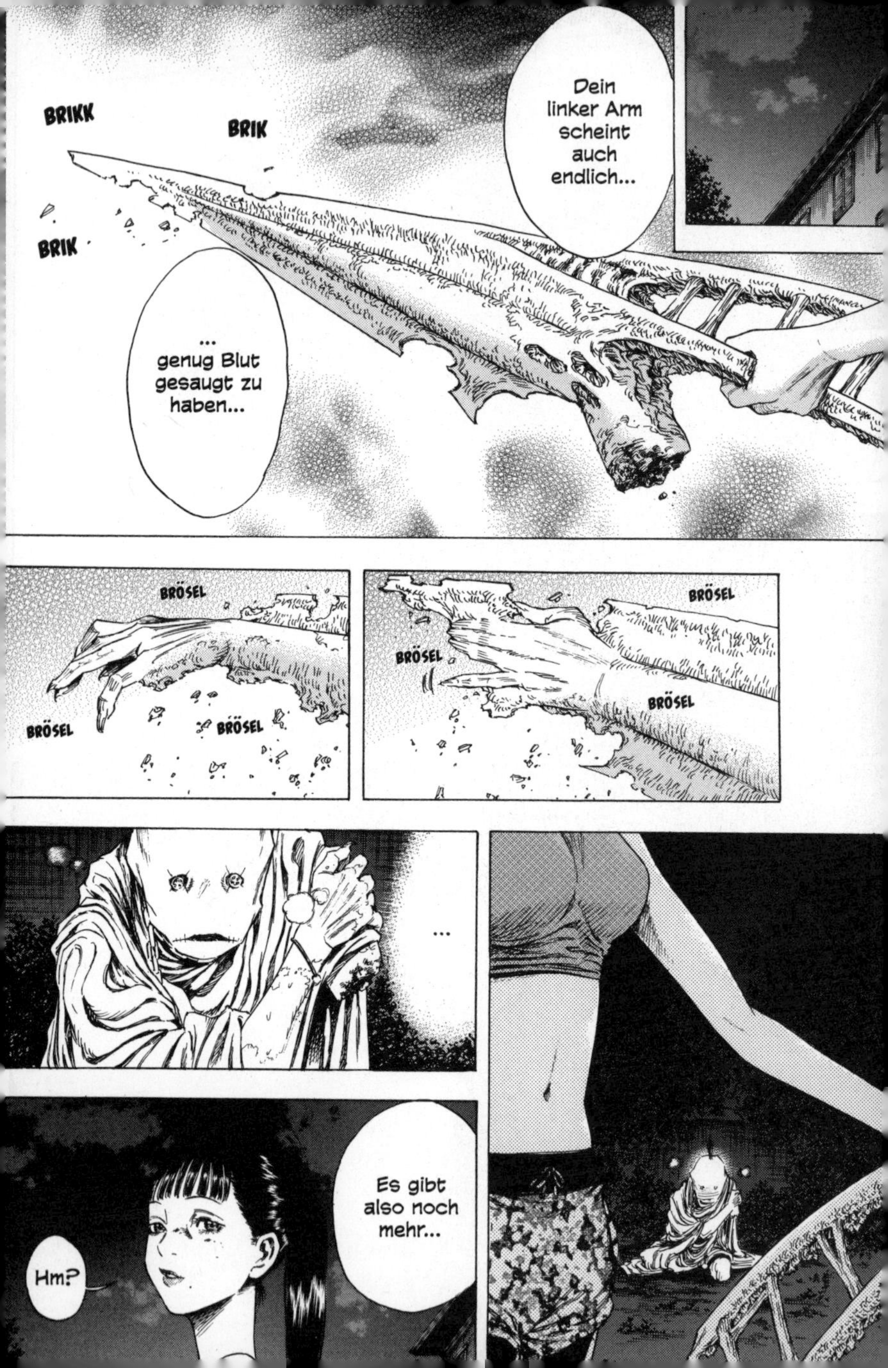

BRIKK

BRIK

BRIK

Dein linker Arm scheint auch endlich...

... genug Blut gesaugt zu haben...

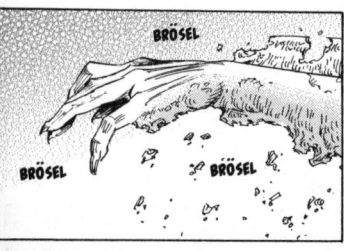

BRÖSEL

BRÖSEL

BRÖSEL

BRÖSEL

BRÖSEL

BRÖSEL

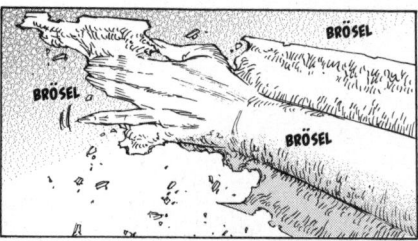

...

Es gibt also noch mehr...

Hm?

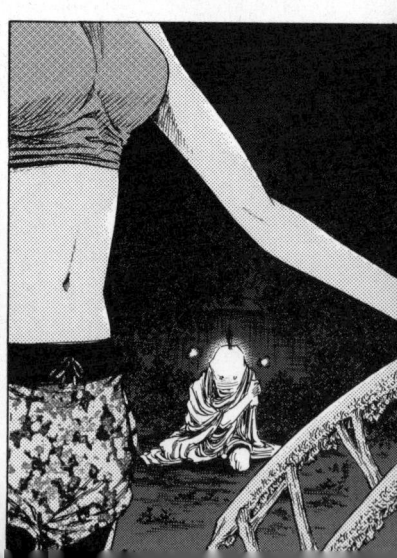

FLAP

FLAP

Sag schon... Was genau bist du eigentlich?

Es gibt noch mehr Monster wie dich!!

PFF...

WAWAWUSCH

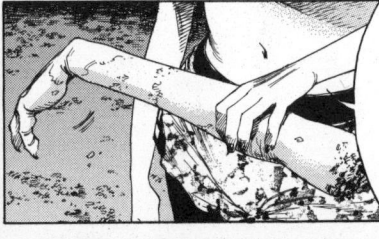

Du hast recht... vielleicht ist es an der Zeit, dass du erfährst...

STREICH

... wer wir sind...

Blutsippe?

Aber wir selbst nennen uns „die Blutsippe".

Je nach Zeitalter und Region haben uns die Leute ganz unterschiedliche Bezeichnungen gegeben.

GLUCK
GLUCK
GLUCK

Wir haben keinen bestimmten Namen...

Ja. Passt doch irgendwie, findest du nicht?

... seit ewigen Zeiten und überall auf der Welt.

Und wie du ganz richtig vermutet hast, gibt es unzählige von uns...

Der perfekte Name für Kreaturen, die sich ausschließlich von menschlichem Blut ernähren.

... endeten diese Kämpfe immer ergebnislos.

Aber aufgrund unserer außergewöhnlichen regenerativen Kräfte...

Ab und zu kämpften wir auch untereinander, meist um Jagdgründe.

Uns dürstet nach Blut, also jagen wir Menschen und trinken ihr Blut. So haben wir bisher überlebt.

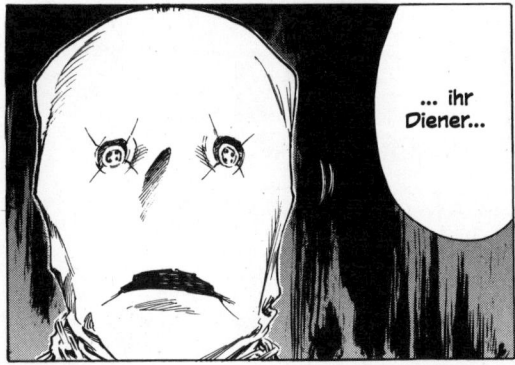

... ihr Diener...

Dann tauchte jemand auf, der diesem sinnlosen Gemetzel ein Ende setzte.

Und zwar...

... sind Diener nicht eigentlich...

Ich meine...

Diener setzten dem ein Ende? Wie das?

42

Aber eines Tages fanden wir heraus, dass sie eine Kralle besitzen, mit der sie uns, ihren Herrinnen, Wunden zufügen können, die nicht mehr heilen.

... mal als lebendige Spielzeuge benutzt.

Neben Sonnenlicht und Hunger brachten sie uns den „dritten Tod". Mit dem, was wir...

...
„Jagdkralle"
nennen.

Das
war
deine
Jagd-
kralle
...

Ja,
genau
...

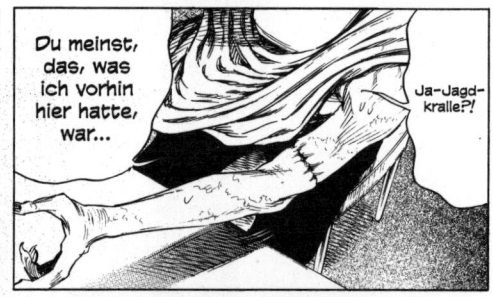

Du meinst,
das, was
ich vorhin
hier hatte,
war...

Ja-Jagd-
kralle?!

... sind sie
zu einer
entschei-
den-den Kraft in
den Kriegen
innerhalb der
Blutsippe
geworden.

Seit die
Diener die
Jagdkralle
besitzen...

Das ist
der „dritte
Tod"...

... der
unser
Leben
beenden
kann.

Ihr seid
für uns
äußerst
nützlich
...

... und
gleich-
zeitig
extrem
gefähr-
lich.

Mo-Moment mal... Das Schwein konnte dir aber nichts anhaben.

Diese ausfahrbaren Dinger waren doch seine Jagdkralle, oder?!

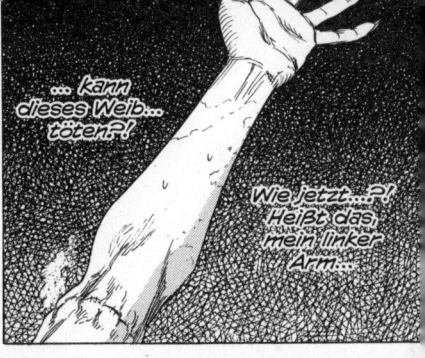

... kann dieses Weib... töten?!

Wie jetzt...?! Heißt das mein linker Arm...

...

... ist zu schwach, um mich, ein Original, zu töten.

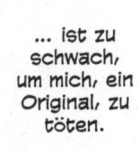

Schon... aber die Jagdkralle eines Dieners, der einer derart niederen Infizierten dient...

So wie bei dir, als du von mir gebissen und erweckt wurdest, Osamu...

Aber dass die Fähigkeiten und Eigenschaften der Blutsippe über unsere Shiga auf Menschen übertragen werden, weißt du doch bereits, oder?

Original? ? ? I-Infizierten?

Und...

Hihi... Das heben wir uns für ein andermal auf.

He...

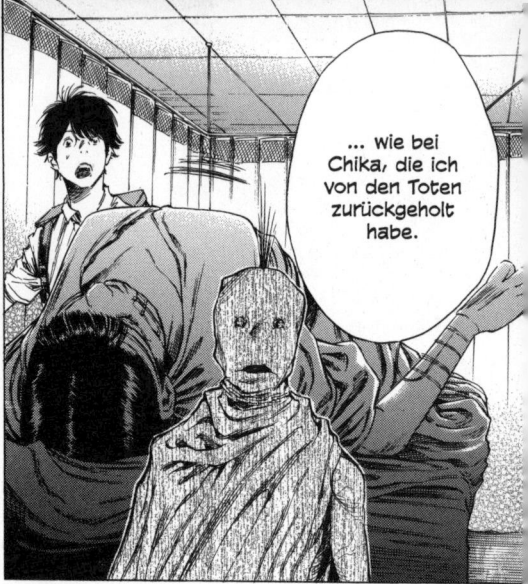

... wie bei Chika, die ich von den Toten zurückgeholt habe.

KRONK

Heißt das etwa...

Beruhige dich! So gemein bin ich nun auch wieder nicht.

... Chika ist jetzt auch so ein Monster wie du und ich?!

Chika wird also weder zu einem Mitglied der Blut-sippe noch zur Dienerin.

Das Shiga-Elixier, das ich dir gab, hatte ich zuvor dem Sonnenlicht ausgesetzt, um es ein wenig zu entschärfen.

Puh...

Sobald diese nachlässt, kehrt Chika wieder in ihren ursprünglichen, verletzten Zustand zurück.

Falls sie früh dran ist...

Hä?

... die Kraft reduziert, weswegen die Wirkung lediglich ein paar Tage anhält...

Leider wurde dadurch auch...

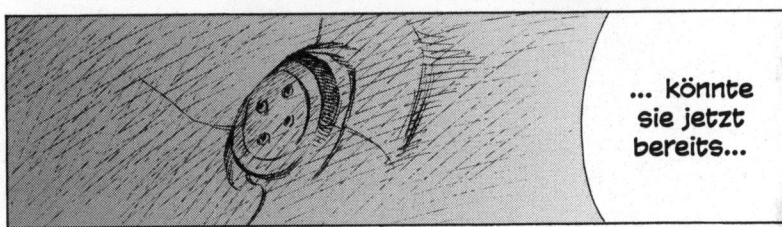

... könnte sie jetzt bereits...

Tut mir leid... Ich hätte dir das alles schon frühen sagen sollen, aber...

... ich hatte keine andere Wahl.

D...

Das... ist nicht dein Ernst...

Es war der einzige Weg, sie zu diesem Zeitpunkt noch zu retten... selbst wenn ihr Leben...

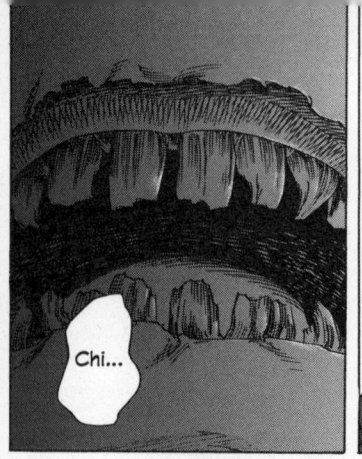

Chi...

... nur für einen kurzen Moment wieder-aufflackern würde...

KRAKLIRR

Chikaaa!!

Naiver Osamu. Dabei kannst du nichts mehr...

... für sie tun.

Du meine Güte...

HIUUU

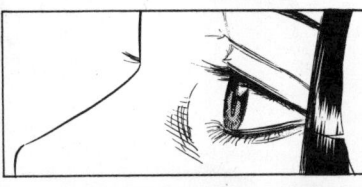

Wie kann
man nur
so dumm
sein...

WAWAWUSCH

„Aber
ich bin
wirklich
froh..."

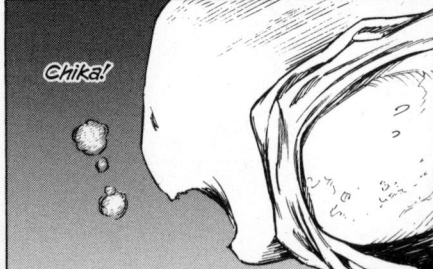

Chika!

„Ich hatte die ganze Zeit Angst, dass ich dich nie wiedersehen würde... also..."

„Hä?"

„... dass du heil zurückgekommen bist, Osamu..."

„Danke, dass du zurückgekommen bist..."

„... Osamu!"

„Lass uns nach der Schule mal wieder zusammen ausgehen....'"

Chi...

WUSCH

Chikaaa!!!

Meine Chika!

Warum Chika...?

Chika!

Chika!

Chikaaa!!

Chika!

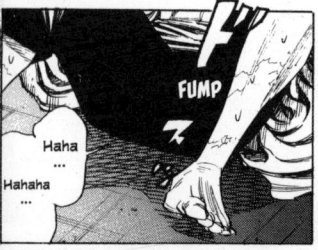

RAUN RAUN

Chika!!

Chika!!

Ha... Haha...

Haha... Hahaha...

FUMP

BAMM

TAAATÜÜÜ

TAAATÜÜÜ

ピー

ピー

TAAATAAA

ピー

ポー

ピー

ポー

ピー

TAAATAAA

ピー

TAAATÜÜÜ

ポー

ポー

ピー
ポ

ピー
ポ

TAAATÜÜÜ

TAAATAAA

ピー
ポ

TAAATÜÜÜ

ピー
ポ

TAAATAAA

Hahaha...

Wahahaha
...

Haha...
Haha...

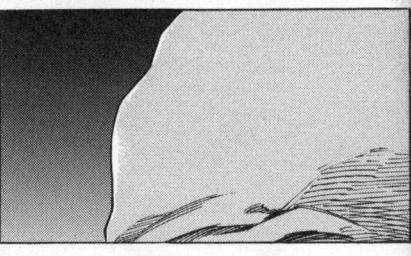

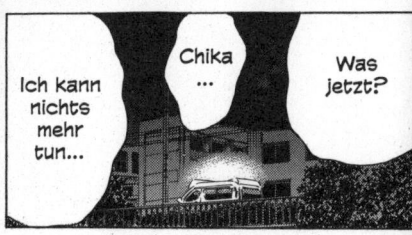

Ich kann
nichts
mehr
tun...

Chika
...

Was
jetzt?

...?

BRZL

BRZL

BRZL

Schon...
Morgen...

BRUZL

BRUZL

BRUZL

BRUZL

...

RIESEL RIESEL

Ich... kann das nicht mehr.

Ich kann in dieser Welt...

... nicht länger leben...

Verzeih mir, Chika...

... dass ich dich letzten Endes doch nicht retten und mein Versprechen nicht halten konnte.

!

Was hast du eigentlich gegen uns?

SSST

Verdammte Blutsippe ...

Verdammte Diener...

Mi...

Miwako...!!

Hast du keine Angst vor der Sonne?

Was machst du denn hier?!

56

ZSCHAA

≠ BRÖSEL

≠ BRÖSEL

... dass du ein Diener bist?

KRIKK

Warum kannst du nicht einfach akzeptieren...

Was hast du überhaupt vor?!

Komm mir ja nicht in die Quere!

Warum?

Wa...

WAH

Verschwin-deee!!!

Lass mich in Ruhe!!

So eine... So eine beschissene Welt!!

Wie soll ich so was akzeptie-ren?!

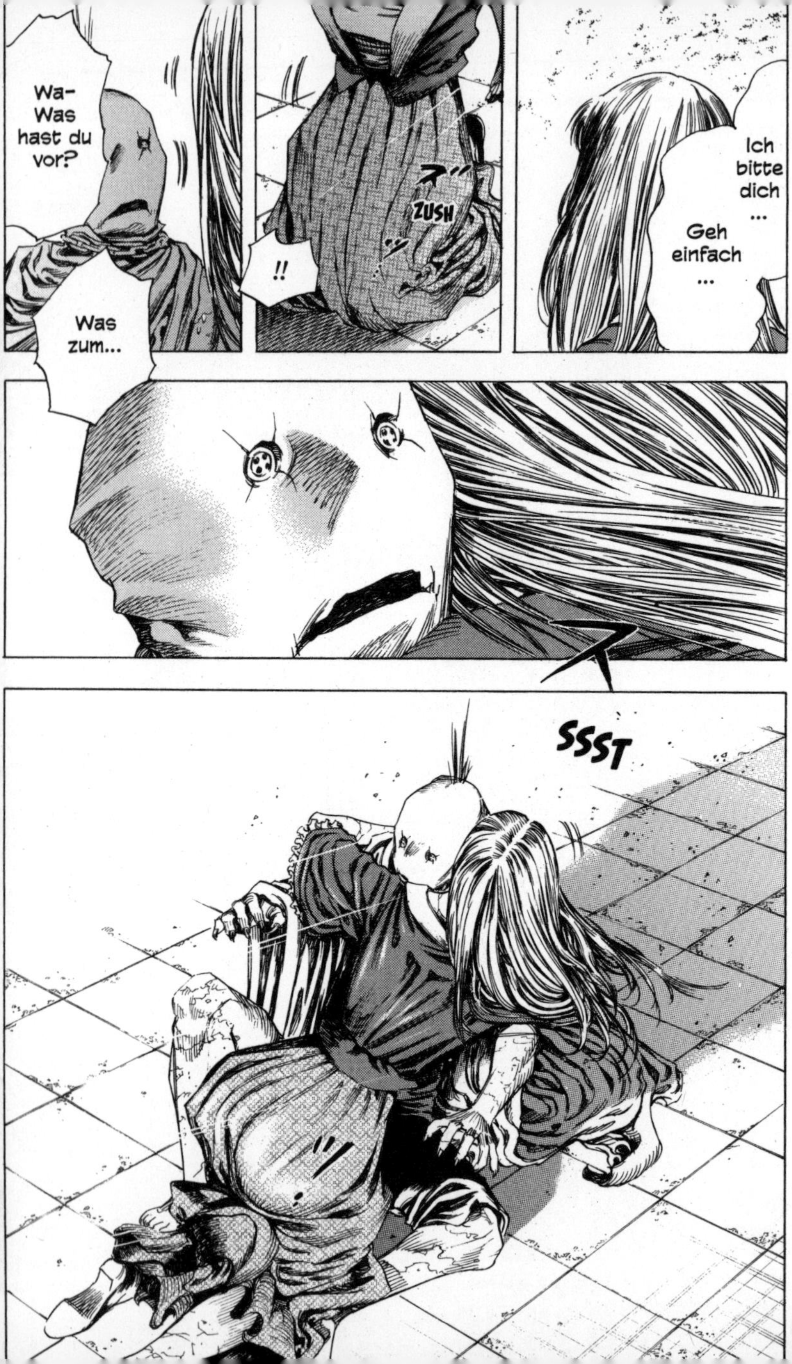
Ich bitte dich ...
Geh einfach ...
!!
ZUSH
Wa- Was hast du vor?
Was zum...
SSST

... dass
ich Miwako...
irgendwie
schön fand...

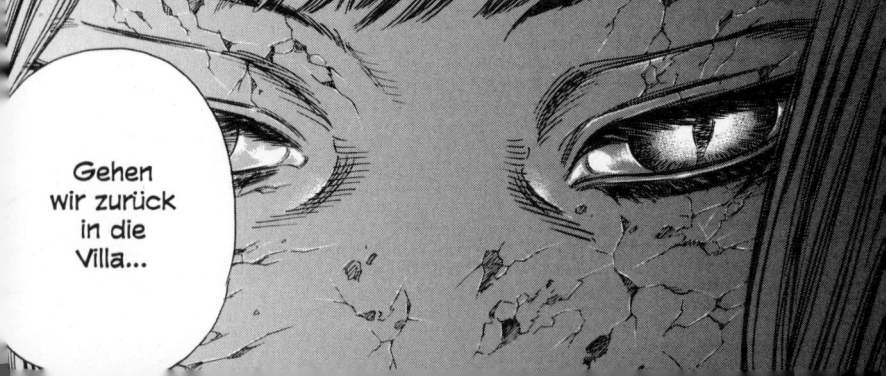

Gehen
wir zurück
in die
Villa...

WOOO

*Einige Tage
später...*

LÄRM

LÄRM

BLA

BLA

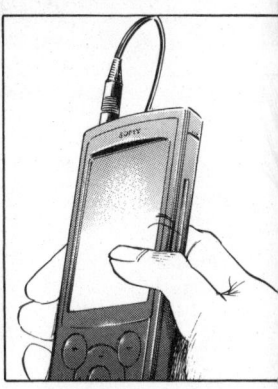

Osamuuu!

HEEEY!

FLOPP

FLOPP

Chika...!

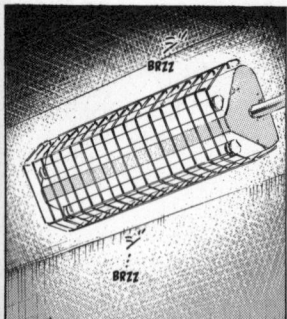

Also dann...

Zeit, zu jagen...

DIE
BLUTPRINZESSIN

Blaaargh... Schon wieder so eine alte Schachtel...

FSSS

11. Kapitel Jagd

PLATSCH

Das Blut alter Menschen ist zu dickflüssig, das mag sie nicht...

Auch wegen des Cholesterins...

W-wer zum Teufel bist du?!

Das ist mein Jagd-revier!!

GLITCH

... „Artge-nossen-Jäger"...

Sag bloß, du bist dieser...

Dann muss ich dich wohl töten...

... der in letzter Zeit sein Unwesen treibt?

KRRRZ

KRRRZ

Gaaargh ...!!!

ZASH

11. Kapitel
Jagd

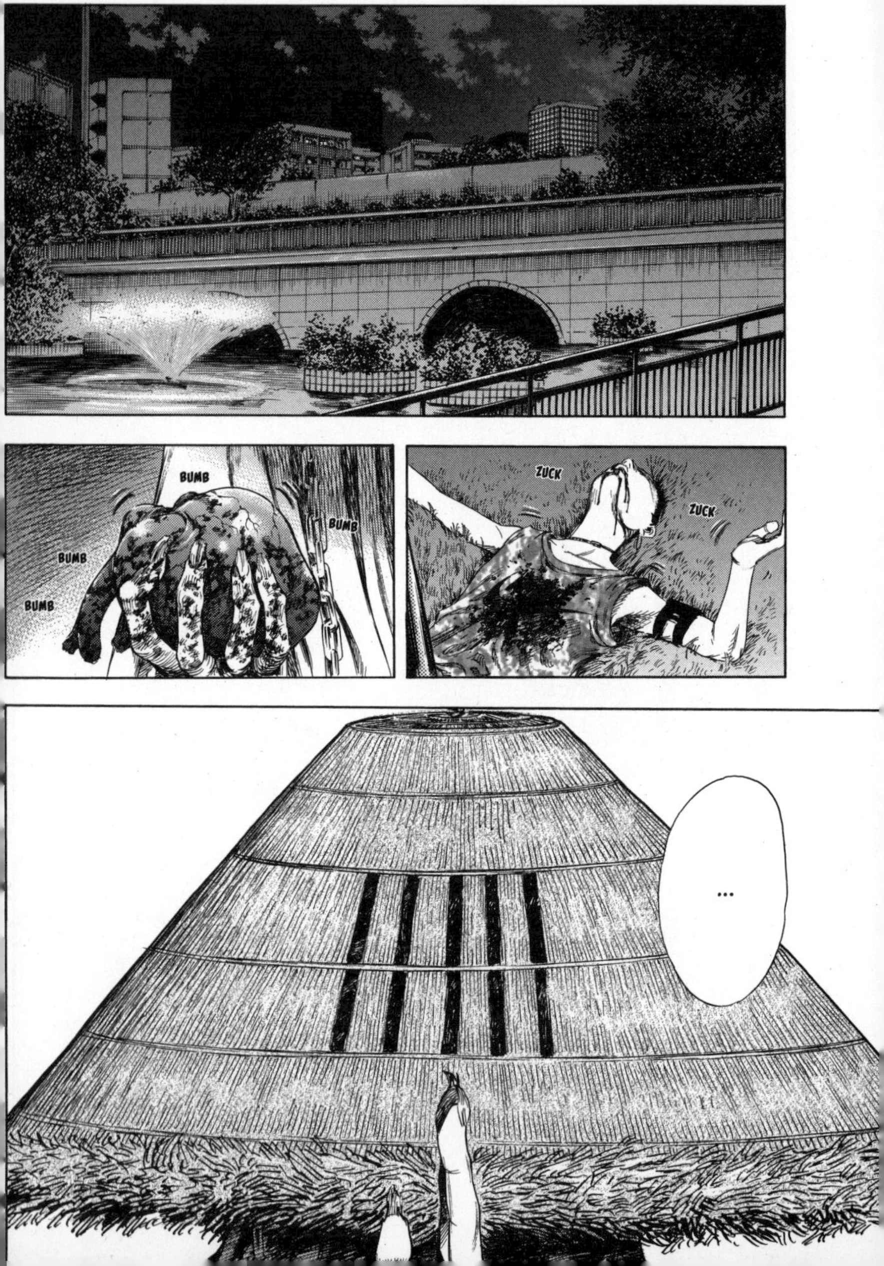

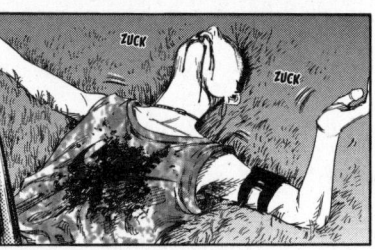

...

Vergib mir...

...

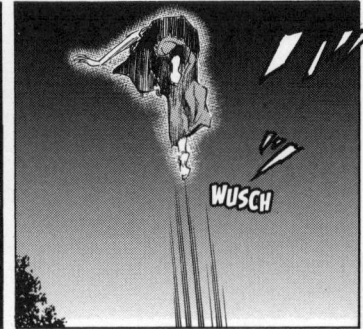

WUSCH

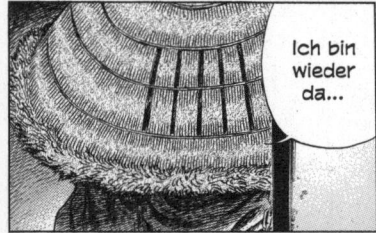

Ich bin wieder da...

SSST

...Meisterin Chiaki.

Willkommen zurück...

... Musashi.

Der Wind hat mir geflüstert...

GNRK

GNRK

GNRK

GNRK

BUTCH

GUTCH

BUTCH

BUTSCH

GUTSCH

NJUTCH

GLUTCH

Und in einer regnerischen Nacht vor drei Wochen wurde wohl auch Schnabel ermordet.

... dass die Schweinsnase und seine Herrin von irgendjemandem getötet wurden.

SSST

Hier... frisch gejagtes Herz...

Bitte trinkt es, solange es warm ist.

KONG

KONG

KONG

Wessen Werk war das?

Die ganze Gegend ist neuerdings in Aufruhr. Auch wir müssen vorsichtig sein.

GLOOOP

... hungert Ihr Euch noch zu Tode.

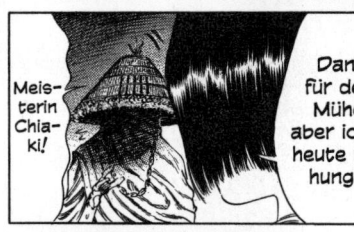

Meisterin Chiaki!

Danke für deine Mühen, aber ich bin heute nicht hungrig.

Wie lange wollt Ihr denn noch auf Blut verzichten?!

Sechs Monate geht das schon so. Wenn Ihr so weitermacht...

74

ZUCK

Tut mir leid, Musashi. Aber ich ertrage dieses Leben als Mitglied der Blutsippe nicht länger.

Und auch dir will ich...

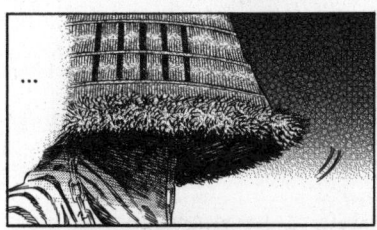

...

Huh?

Wie es scheint, wurdest du verfolgt, Musashi.

RASCHEL

WOO

Vergebt mir...

Ich küm-mere mich sofort darum...

RASCHEL

...

WOO

Bist du derjenige, der in letzter Zeit für so viel Aufruhr sorgt?

A r g h a g a a a a !!!

WAWUSCH

WOO

Anschei-
nend bist
du neu.

Was hast
du im Revier
meiner
Herrin zu
suchen?

CRNCH

FUPP

Deine
Maske
kenne
ich
nicht...

... Mit-
gliedern
der Blut-
sippe...

Diese
Knopf-
augen...
Wenn ich
mich recht
erinnere...

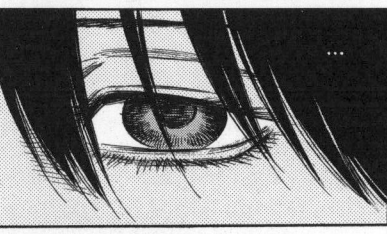

...

Wenn du
vorhast,
Meisterin
Chiaki zu
scha-
den...

KROCK

BRICK

KRACK

Was
auch
immer
deine
Gründe
sind...

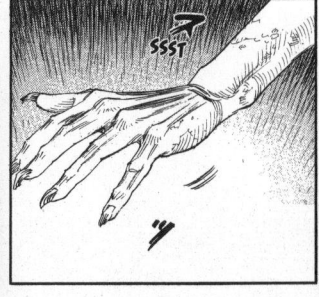

SSST

GRIP

FRRRILL

IL

IL

... kenne
ich keine
Gnade...

SLISH

Erzähl
mir
nicht,
du...

SCHÜTTEL

SCHÜTTEL

SCHÜTTEL

SCHÜTTEL

Ja-
Jagd-
kralle
...

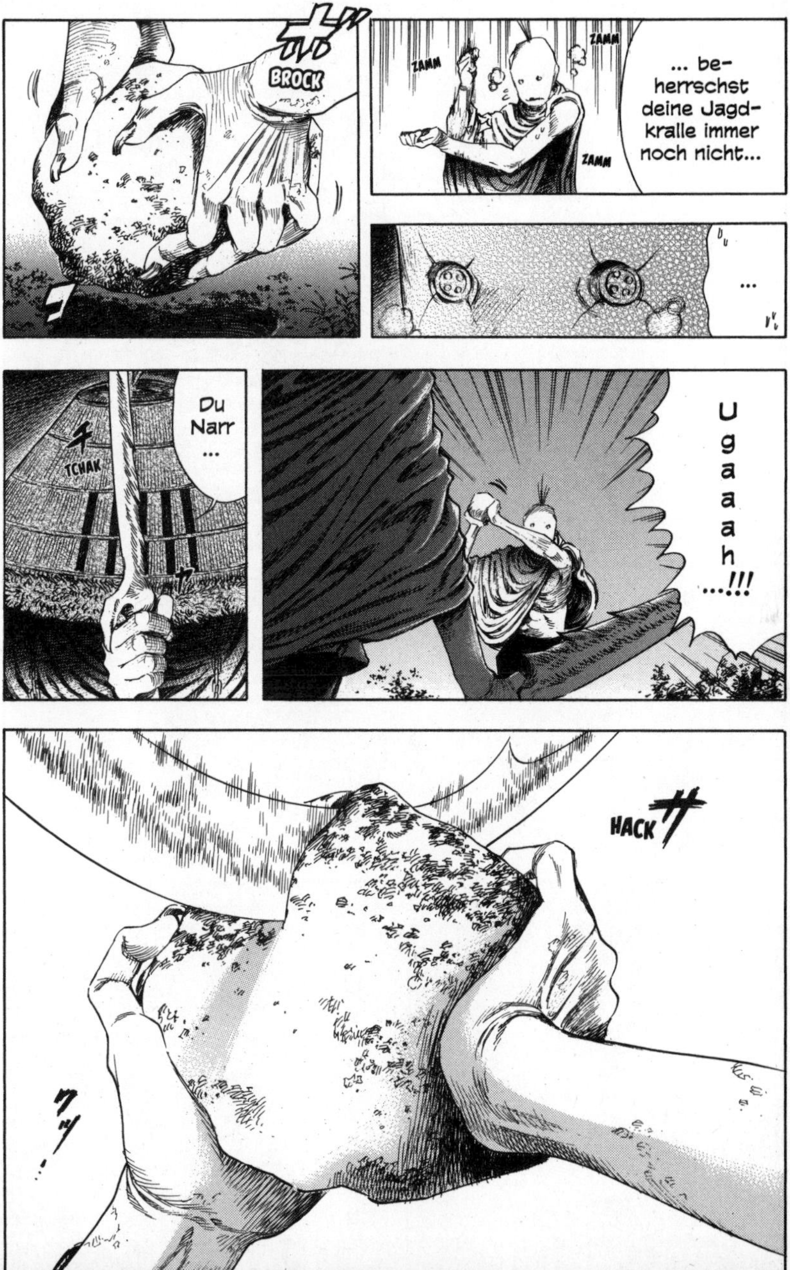

... be-
herrschst
deine Jagd-
kralle immer
noch nicht...

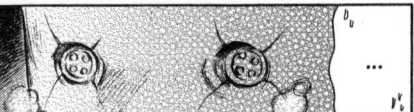

Du
Narr
...

U
g
a
a
a
h
...!!!

HACK

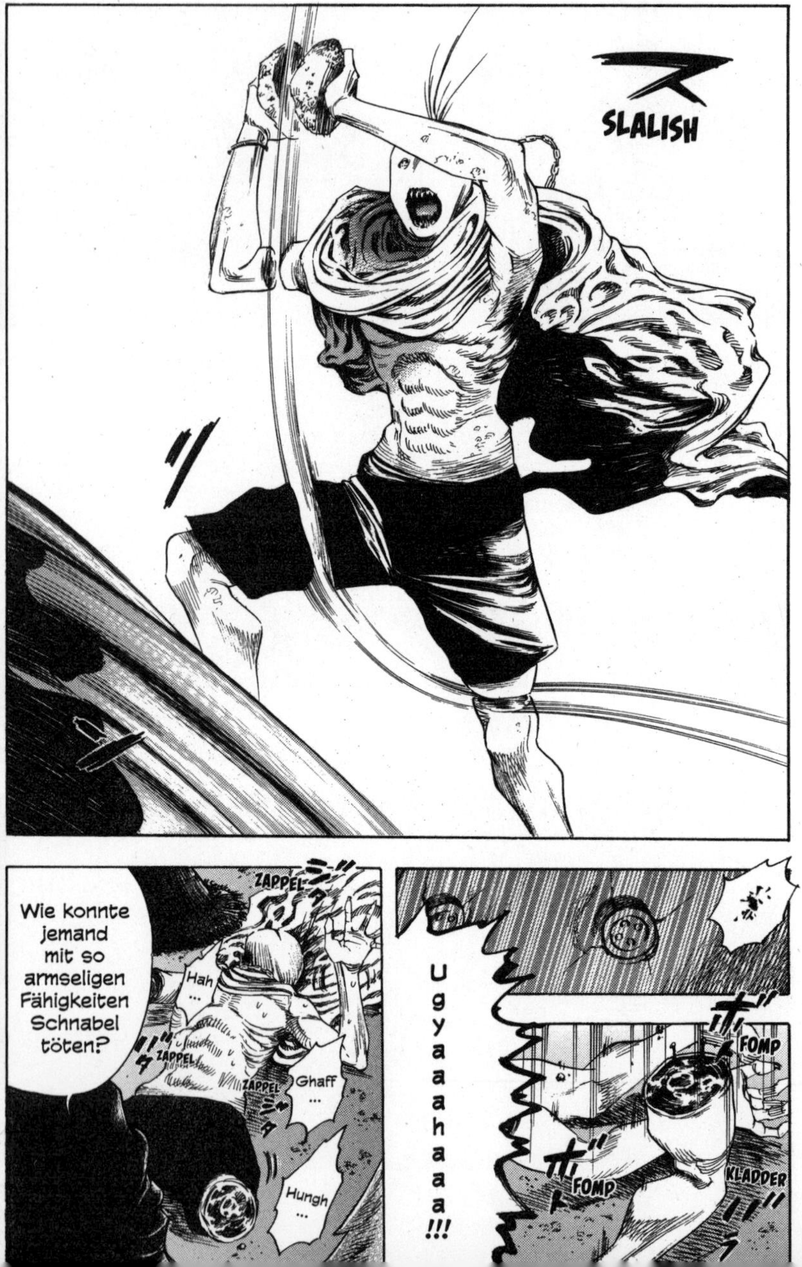

SLALISH

Wie konnte jemand mit so armseligen Fähigkeiten Schnabel töten?

ZAPPEL

Hah ...

ZAPPEL

ZAPPEL Ghaff ...

Hungh ...

Ugyaaahaaa!!!

FOMP

FOMP

KLADDER

STOOSH

Wie auch immer ...

Oder sind da draußen noch mehr von deiner Sorte?

Wie ich hörte, war er ziemlich stark...

WWWUTT

Warum greifst du deine Art-genossen an, wenn du so schwach bist?

Hättest du brav Menschen gejagt, wärst du nicht in dieser Lage.

WOO

Der ist erledigt...

ZUCK ZUCK

ZUCK

Miwako ...?!

... auf Befehl Miwakos überfallen?

Knopfauge! Hast du uns...

Sagtest du gerade Miwako?!

ZUCK

ZUCK

Soll das heißen, der Kerl ist...

Mich selbst ...

... und ...

Ich hab nur...

... beschlossen, es anzuneh-men...

Sowohl für Chi-ka...

... als auch für dich selbst.

Sag bloß...

...

PLITCH

... wirklich ...

... du bist...

VIUUUM

Kh...

WUSCH

Gib
mir dein
Heeerz
!!!

Aber
damit allein
wirst du
gegen mich
nicht...

Hmpf...
Ich gebe
zu, du
bist hart
im Neh-
men...

SLALALASH

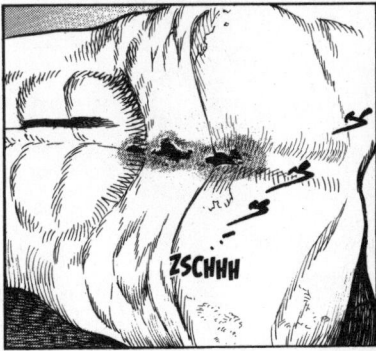

ZSCHHH

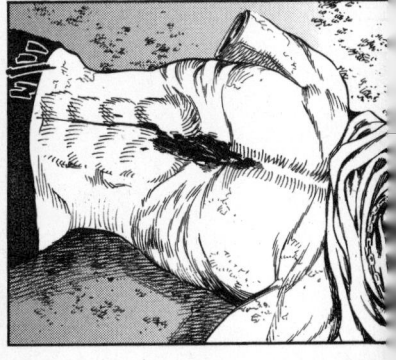

... Mi-wakos...

Wie es scheint, bist du wirk-lich...

Diese Regenera-tion...!!

W-was?!

Ich ge-höre zu diesem Weib...

VZZZ

Ganz recht...

Ich bin Miwa-kos...

d?

DZZZ

ズズズ

DZLUSH ズズ

GLULUSH

ブルルル

ゾゾ

シュ

ZSCHHH

... Diener ...

... gewor- den...

Ich bin ihr...

DZUN

Ich bin...

... Miwa- kos...

... Dieeener ...

DOMP

TCHAK

Das ist also die Macht der Originale...

12. Kapitel
Dank

Musashi...

FLUMP

ZAMP

Du hast meine Jagdkralle, die sogar Stein schneidet...

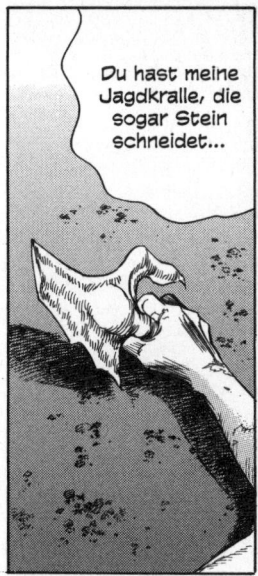

...

Fh...

...

Uuugh ...

GLAFF

WWUTT

Monster?

Hast du mich gerade Monster genannt?

ZUCK
ZUCK

... dass die Diener der Originale solche Monster sind...

Und diese Regeneration... Wer hätte gedacht...

WWUTT

...

Ich bin vielleicht ein Diener geworden... aber...

DZZ

Spinnst du? Wirf mich nicht mit euch in einen Topf!

Ich jage nur Monster wie euch!!

Ich bin nicht wie ihr und jage Menschen...

... deshalb hab ich mein Menschsein nicht aufgegeben...

WOOSH

... die Monster, die man jagen muss!!!

Ja... ihr seid...

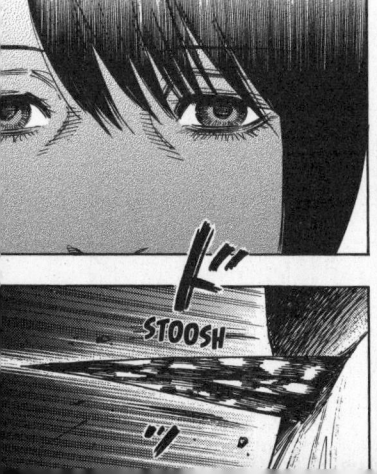

STOOSH

Wa-was hast du getan?!

Ver-
schwinde.

M
...

Meisterin
Chiakiii!!

Kh...

Es ist also nicht nötig, weiterzu-kämpfen...

... hast gewon-nen.

Du...

... sich von die-sen Wun-den zu erholen.

Anders als du hat Musashi nicht die Kraft...

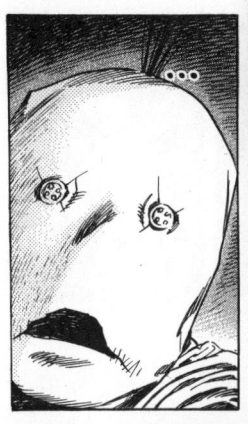
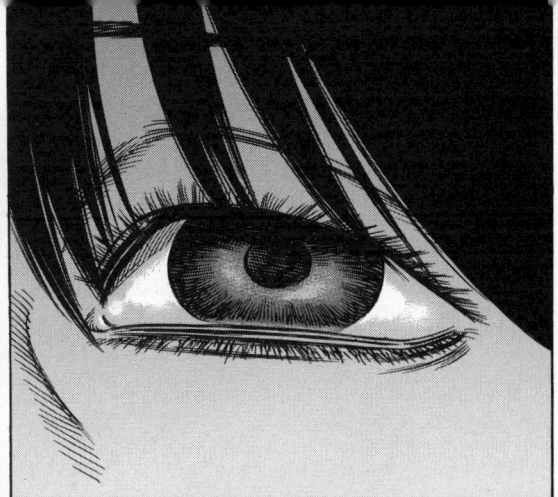

W-
wieso
tut Ihr
das
...

...Meis-
terin
Chiaki
...?

Ich
stehe in
deiner
Schuld
...

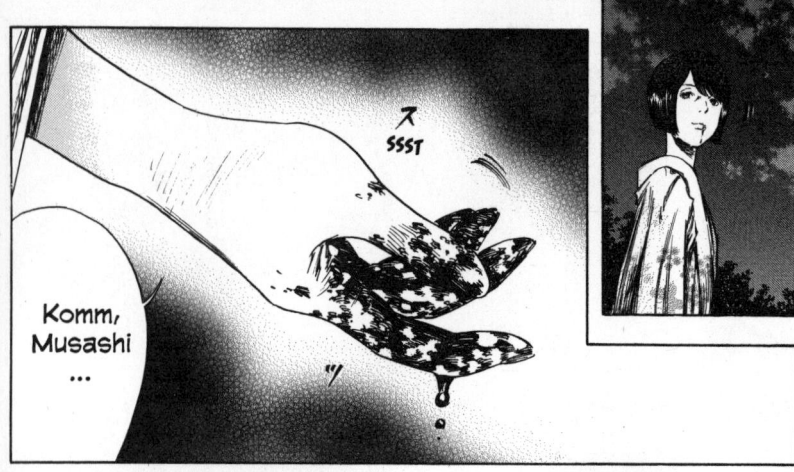

SSST

Komm,
Musashi
...

I-ich
...

Meisterin
Chia-
ki...

Damit
du wenigs-
tens als
Mensch
sterben
kannst...

Trink
mein
Blut.

Trink!

DRIP

... nur zum Besten ...

Nicht doch, das ist alles...

... dass ich es so weit habe kommen lassen...

V- verzeiht mir...

...

Meisterin... Chi...

... Musa- shi...

Danke für all deine harte Arbeit in den letzten Jahren...

Also dann... „Knopf- auge"...

KLING

KLING

KLING

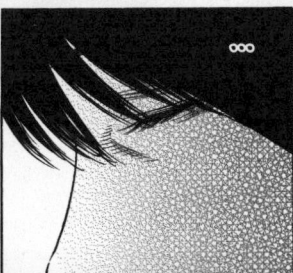

∞

KLING

KLING

KLING

Oho!

... werde ich dir mein Herz schenken.

Zeit für den Todes- stoß...

Ist das...

... dein Ernst?!

Wie verspro- chen...

... in Sicherheit wiegen und in die Falle locken.

Und ich weiß auch, wie ihr arbeitet!! Du willst mich...

... dass ich dich in deinem eigenen Revier nicht töten kann!!

Mich legst du nicht rein. Ich weiß genau...

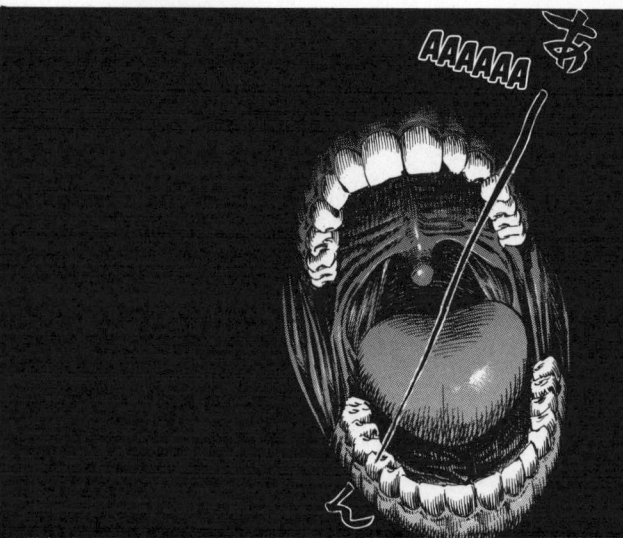

AAAAAA

Hm?

Das ist keine Falle...

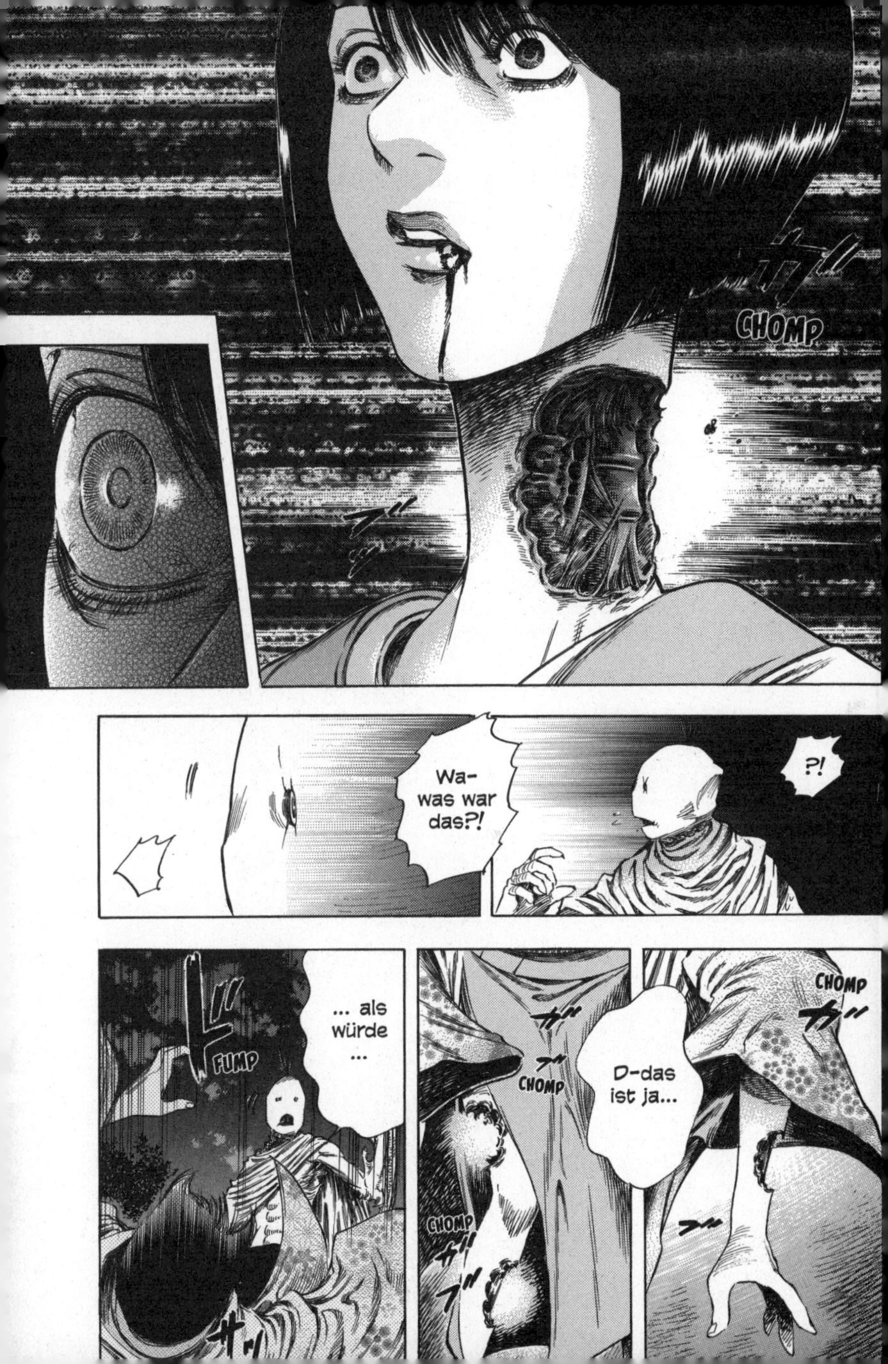

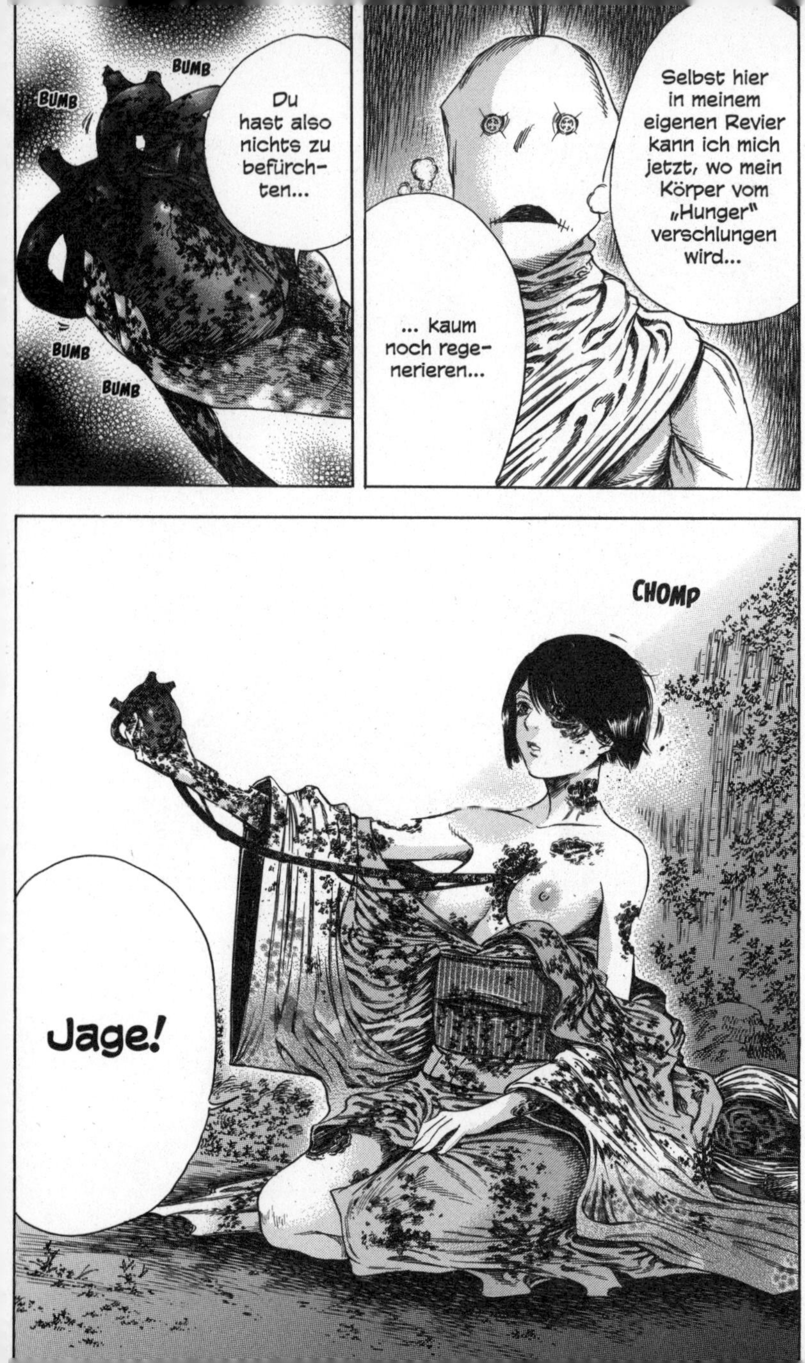

BUMB
BUMB
BUMB
BUMB

Du hast also nichts zu befürchten...

Selbst hier in meinem eigenen Revier kann ich mich jetzt, wo mein Körper vom „Hunger" verschlungen wird...

... kaum noch regenerieren...

CHOMP

Jage!

Und jetzt willst du mir auch noch...

Verzichtest freiwillig auf Blut...

Du nimmst den Platz deines eigenen Dieners ein...

Was zur Hölle... geht bloß in dir vor?!

Wieso tust du das alles?!

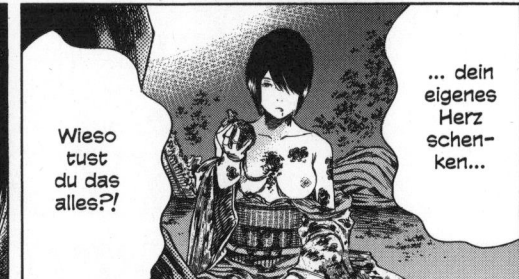

... dein eigenes Herz schenken...

... nur um weiterzuleben.

... dass ich sogar angesichts des Todes von Musashi, der mir so viele Jahre seines Lebens gewidmet hat...

... nicht eine Träne weine.

Ich habe mich selbst satt, weil ich mich so wenig an meine Menschlichkeit erinnere...

... vor der Sonne zu verstecken und Menschenblut zu trinken...

Weil ich müde bin.

Ich habe es satt, mich tagein tagaus...

Ich habe lange genug...

... in dieser Finsternis gelebt...

Bevor der Hunger auch mein Herz verschlingt.

So, und nun jage!

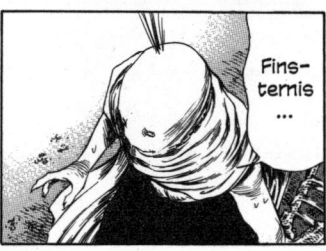

Finsternis ...

Na los... mach schon!

Dann jage mich auch!

Na los!

Du warst ...

Ihr wart alle...

Was zögerst du noch?

Sagtest du nicht eben, ich wäre ein Monster, das man jagen muss?

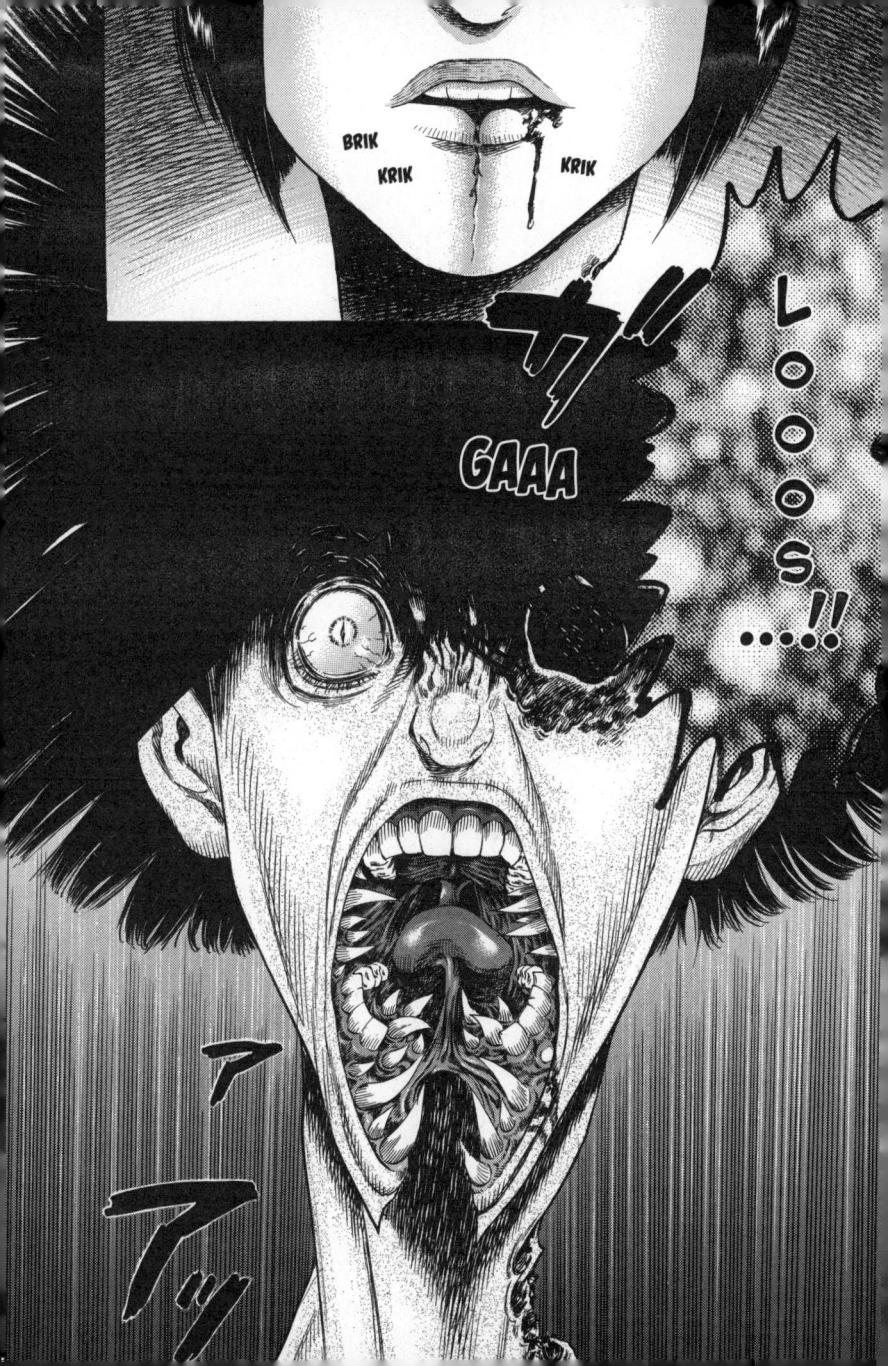

I-
ich
...

FUMP

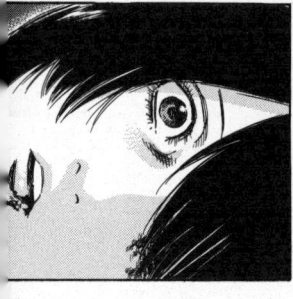

Jaaa
...

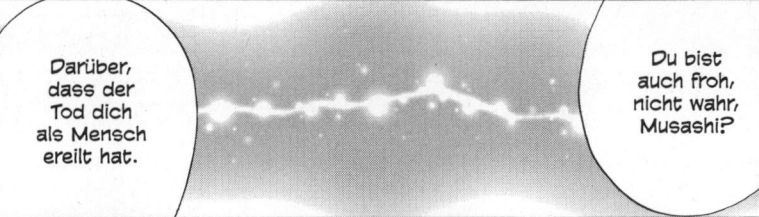

Darüber, dass der Tod dich als Mensch ereilt hat.

Du bist auch froh, nicht wahr, Musashi?

Also wart ihr früher mal Menschen ...

...

... sich so wohlig warm anfühlt...

Wer hätte gedacht, dass der einst so gefürchtete Tod ...

Ja...

Ich war früher auch ein Mensch ...

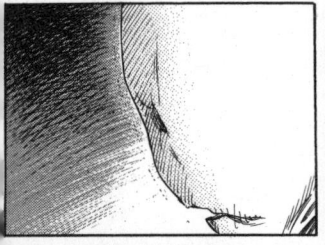

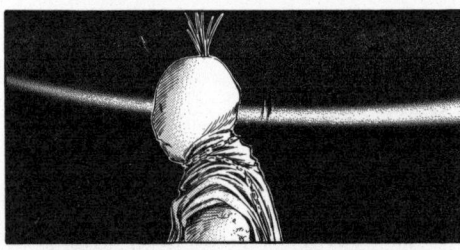

... ein Diener, stimmt's?

Du bist noch nicht lange...

N-nein, ich wollte nicht...

Aber...

Da ist noch viel von einem Menschen in dir...

SCHHH

Tut es dir jetzt auch um mich leid?

Als du vorhin gegen Musashi gekämpft hast, warst du jedenfalls...

... wie lange kannst du dir diese Menschlichkeit noch bewahren, wenn du Miwako dienst?

... ein wahres Monster.

... werde ich für dich beten ...

Sollte es auch für die Blutsippe ein Jenseits geben...

Ich bin...

Mögest auch du in der dunklen Welt...

... in der du dich befindest ...

Dafür bete i...

... irgend-wann ...

... deinen Frieden finden...

SCHHHH

... wer-de kein Mons-ter...

BRÖSEL
BRÖSEL

RIESEL
RIESEL

Ich...

122

Da bist du ja endlich!

Du kommst spät...

Oh...

... selbst mumifiziert wurde.

Ich hatte schon Sorge, dass der Mumifizierer...

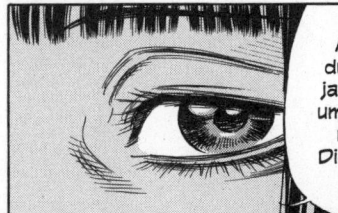

Aber du bist ja nicht umsonst mein Diener...

Also, wärst du jetzt so nett...

SSST

FLAFF

... für mich das Blut aus diesem Herz zu pressen?

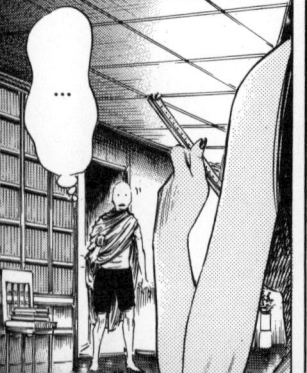

...

SLPP

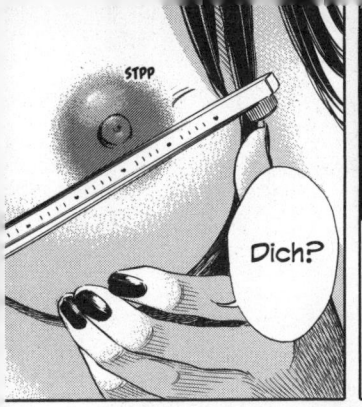

STPP

Dich?

... ei-
gentlich
finde ich
dich...

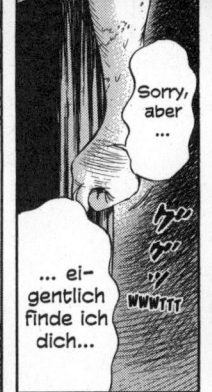

Sorry,
aber
...

WWWTTT

...

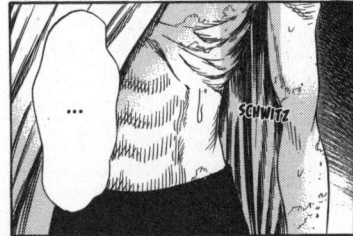

...

SCHWITZ

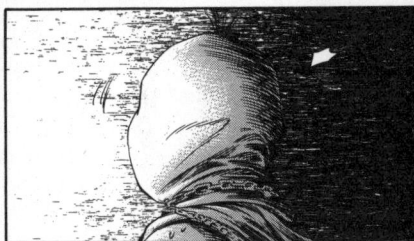

Du bist
doch mein
Diener
oder?

Hm?

Hast du
schon wieder
vergessen,
wie du mich
nennen
sollst?!

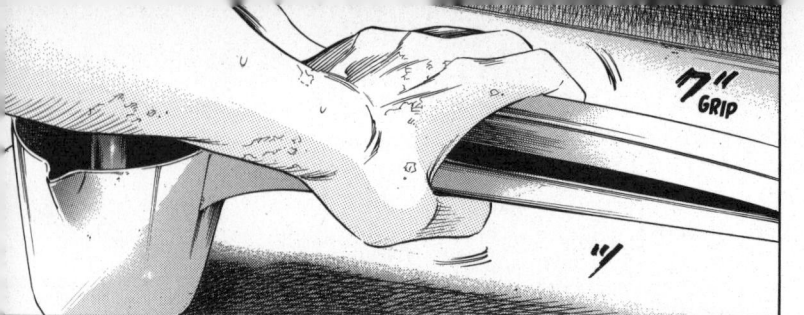

Meisterin...
Miwako...

DIE
BLUTPRINZESSIN

DIE
BLUTPRINZESSIN

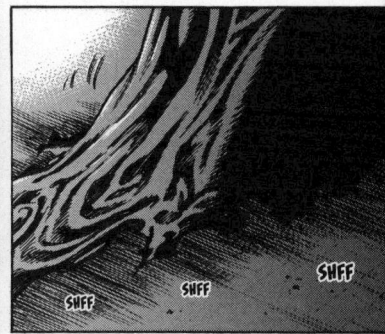

13. Kapitel
Kuss

Soichi Tachibana... Hast du ihn schon vergessen?

Du weißt schon... der mit der Brille...

Ah, der Brillenheini...

Stir...

Be-nei-den?

Mich ...?!

... würde er dich sicher beneiden...

Herzen für mich auszupressen, war sein Lebensinhalt...

Wäre er noch am Leben...

...Meisterin Miwako...

I-ich danke Euch vielmals, Miw...

Also... Den Rest des Blutes kannst du als Belohnung für die heutige Jagd selbst trinken, Osamu.

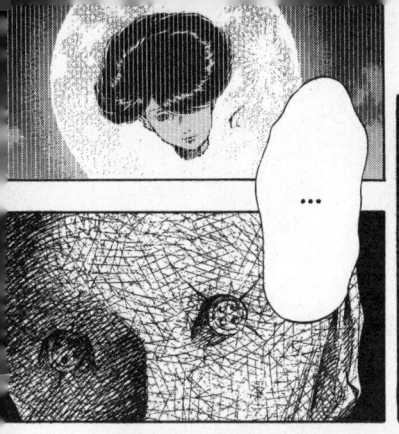

...

GLOOOP

Na schön, da das immer noch neu für dich ist...

Du bist wirklich unverbesserlich...

Sag bloß, das widerstrebt dir immer noch.

Wa-was habt Ihr...?!

Mo-Moment mal, ich...

SUSH

KIPP

... werde ich dir ein wenig helfen...

FJUP

Ah...

134

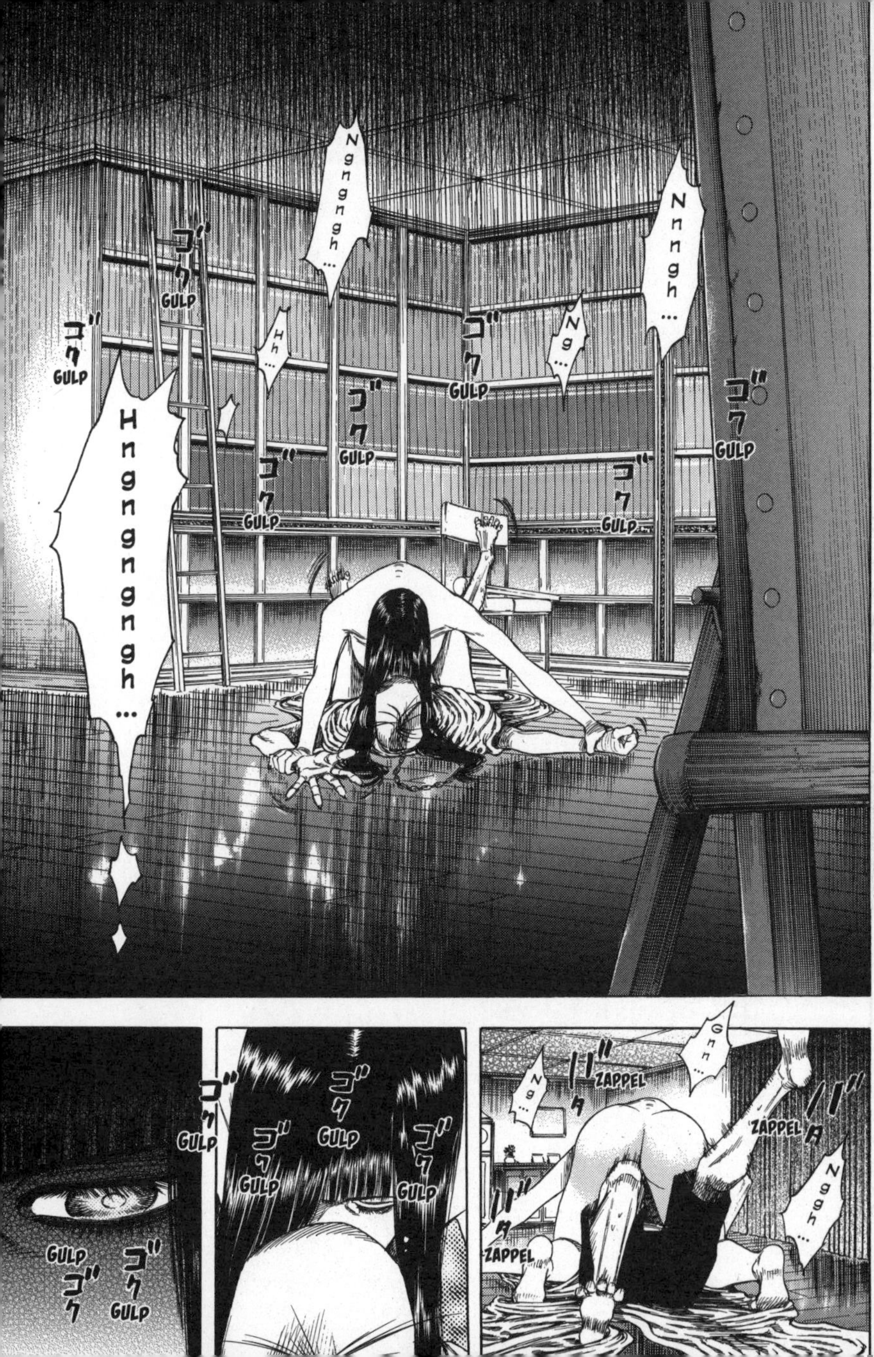

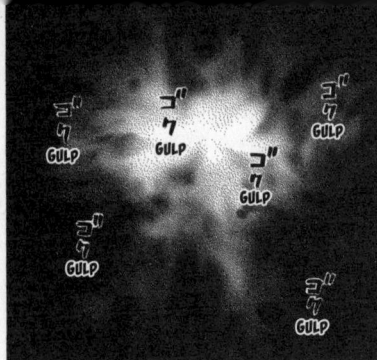

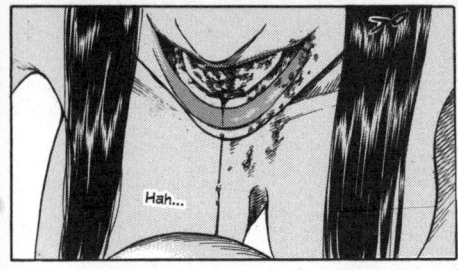

Hah...

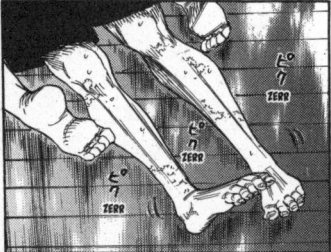

WUSCH

Auf
den Ge-
schmack
von
Blut...

Das
gefällt dir,
stimmt's?

SCHLECK

... und
ein wenig
Unterwer-
fung...

... dein
Mund
ist.

LECK

LECK

LECK

LECK

Hach, wie
schmut-
zig...

LICK

LICK

LICK

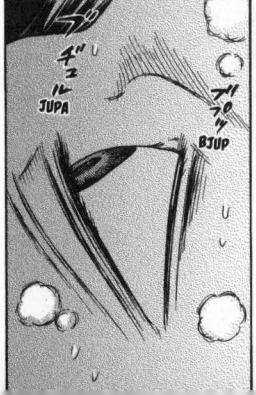

JUPA

BJUP

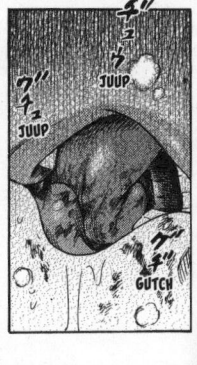

JUUP

JUUP

GUTCH

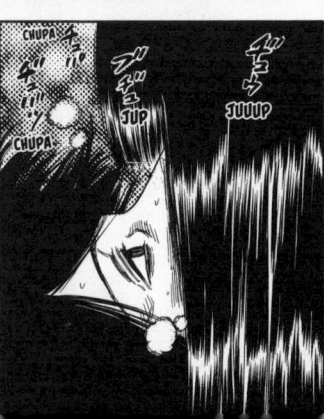

CHUPA

CHUPA

JUP

JUUUP

Äääh...
Und
deshalb
gilt...

Wenn man x
differenziert,
geht die
Gleichung
so, und so,
und so.

... ent-
spricht
diesem
Pfeil hier.

Das
heißt, die
Steigung
des Gra-
phen...

Osamu
...

WAAAH

WAWOOSH

WAAAH

Das ist doch jetzt schon über eine Woche her...

WAAAH
WAAAH
Pass! Pass!

Wieso verschwindet es nicht?!

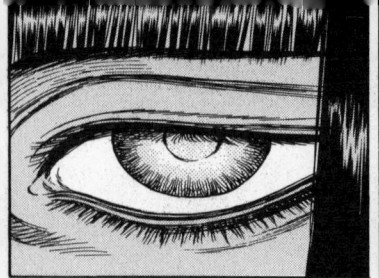

Ich kann ihre Zunge immer noch spüren...

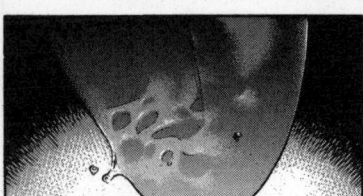

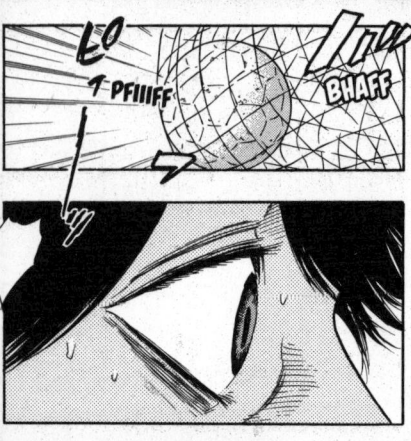

PFIIIFF

BHAFF

ooo

Haha

Hahaha

Sorry...!

Yaaay

Wo bist du denn mit den Gedanken, Hirota?!

SHOCK

Dieses Monster-weib...?

...

WAAH
WAAH

TAPP

Soll das heißen, ich hab Gefühle für sie?!

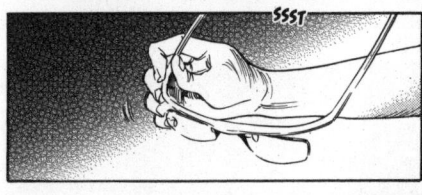

SSST

...

ZUPP

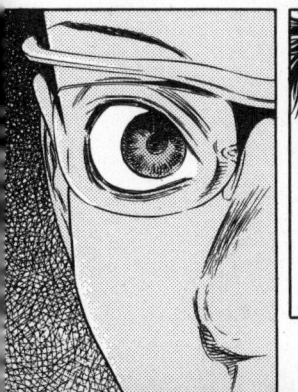

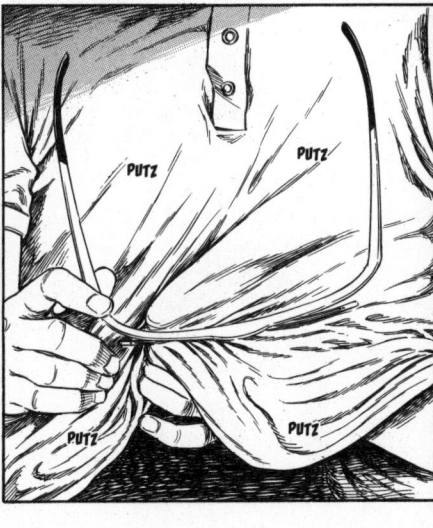

PUTZ

PUTZ

PUTZ

PUTZ

...

WISCH

WISCH

WISCH

Hä? Ich hab gar nichts...

Was hast du denn? Wieso wischst du dir die ganze Zeit den Mund ab?

Unsinn...

PRESS

War ja auch mein erstes Mal...

... total durchein-ander.

Ich war neulich nur...

Ich hab doch...

Ich füh-le doch nichts... Nicht für dieses Weib!

Außerdem hab ich...

#" TAPP

Chika!

J-ja?! Was ist denn, Osamu?

142

Hast
du Lust,
mich zu
küssen?

Hä?

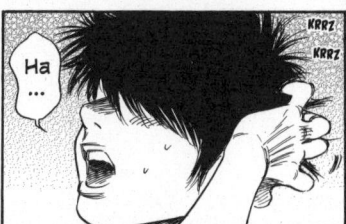

Ha
...

KRRZ
KRRZ

SCHUU

KYAAAH

POCK

POCK

POCK

POCK

Man-
nooo!!
Das war
mein
erster
Kuss!!

Du
über-
nimmst
die
Verant-
wortung,
klar?!

Haaach,
Schluss
jetzt...

Das
ist total
peinlich
...

... der mir
meinen
ersten
Kuss
gegeben
hat...

... ich
bin froh,
dass du es
warst...

Du hast
mich ja
richtig
überrum-
pelt...

Mich aus
heiterem
Himmel
um einen
Kuss zu
bitten...

Aber...

Hä?
Was?
Sorry...

Ich war so
in Gedanken,
dass ich nicht
zugehört
hab...

HAH

Was
hast du
denn
plötz-
lich,
Osa-
mu?

Wieso dachte ich gerade...

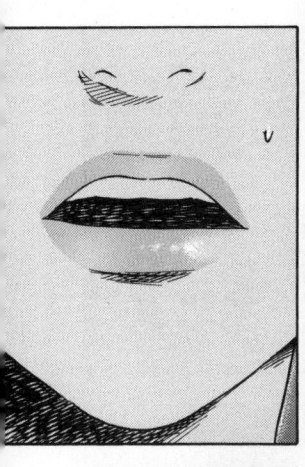

... dass mir das nicht genügt?!

Hä? Wie meinst du das?

Ist irgendwas passiert, Osamu?

Vielleicht bilde ich es mir ja nur ein, aber seit du von zu Hause ausgerissen bist...

... hab ich manch-mal das Gefühl, mit dir stimmt was nicht...

... als du damals tagelang weg warst...

... was hast du...

Ich war so glücklich, dass du heil wieder zu mir zurückgekommen bist, deshalb...

... hab ich es mir verkniffen, zu viele Fragen zu stellen. Aber...

Na ja, ich...

N...

Was hast du während dieser Zeit wirklich gemacht, Osamu?

WAH

... bin ich deine Freundin, oder nicht?!

... dann sprich wenigstens mit mir darüber!

Wenn dich in dieser Zeit mit irgendwelchen Sorgen herumgeschlagen hast...

Schließlich...

Das geht nicht... nicht mit dir!

Hä?

C h i k a ...

D...

Ich meine...

Wie erkläre ich das am besten...

Ah... nein, so meinte ich das nicht...

KNRSH

Ich meine...

S-sorry, mir ist was Wichtiges eingefallen...

Also... geh du schon mal nach Hause...

KNICK

VROOOM

Dabei...

... war das mein erster Kuss...

BLINK

BLINK

BLINK

TAPP

...

TROTT

TROTT

TROTT

Osamu, du Idiot!

148

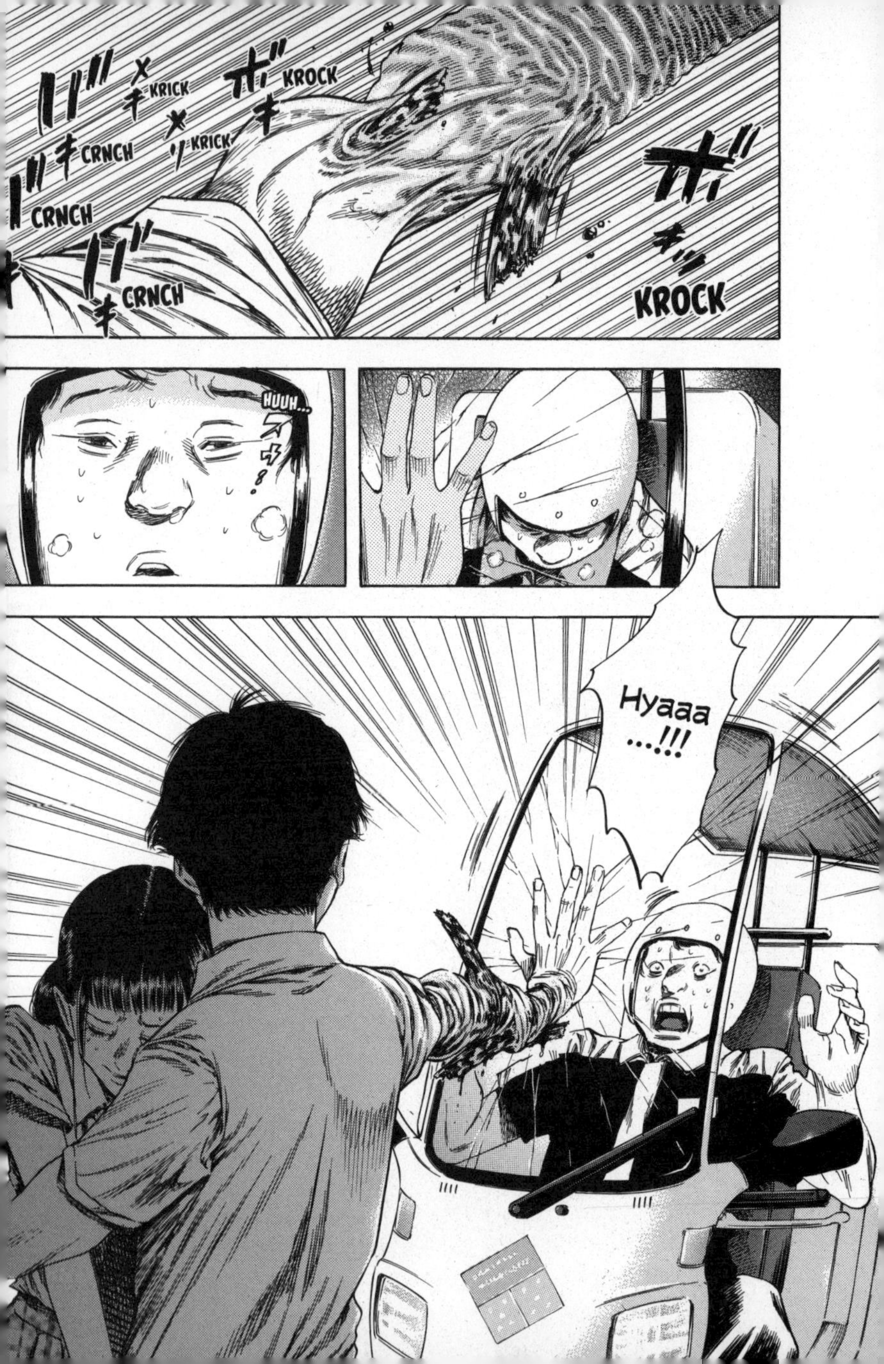
KROCK
KROCK
KRICK
KRICK
CRNCH
CRNCH
CRNCH
HUUH...
Hyaaa ...!!!

Tu...

Tu...

VROOOM

Tut mir...

...leeeid!!

Tu...

... dass ich Ihre Glasscheibte zerbrochen habe...

Entschuldigen Sie...

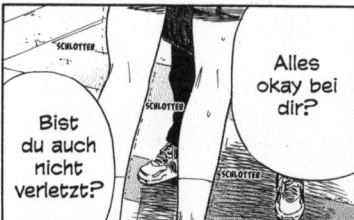

SCHLOTTER

SCHLOTTER

SCHLOTTER

Bist du auch nicht verletzt?

Alles okay bei dir?

...

Das macht nichts.

Lass dir Zeit...

ZSCHWW

E-entschuldige... irgendwie...

... geben meine Beine gerade nach...

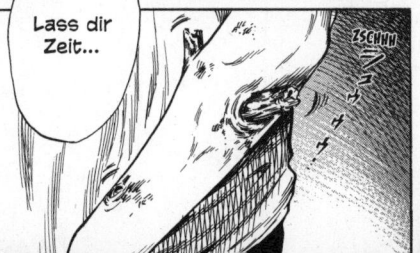

Schon gut...

Soll ich etwa sagen: „Ich die-ne einem Monster-weib und jage für sie, damit du nicht stirbst..."? Auch wenn es Chika ist, das kann ich unmög-lich erzäh-len...

VROOM

KLIMP

KLIMP

KNRSH

Wie ent-schuldige ich mich jetzt am besten?

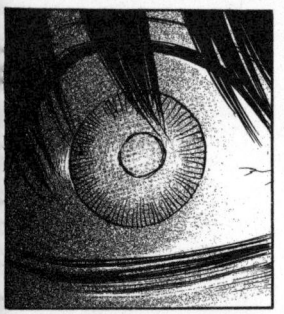

Chika ...

KRAAA

KRAAA

Wer ist der Kerl neben ihr?

154

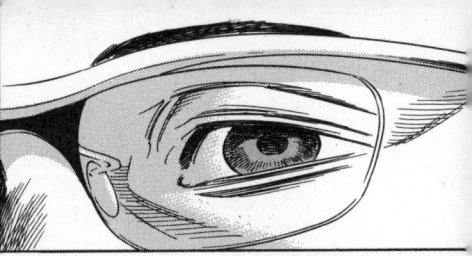

Ah...
Ich kann
jetzt
wieder
allein...

Du
Mistkerl...

WUSCH

Kh...

Muss das aus-gerech-net jetzt sein?

Natürlich weiß ich davon...

... was es damit auf sich hat...?!

Du weißt also...

Ich weiß ganz genau...

... was Miwako mit dir gemacht hat...

ZUCK

nd...

GRIEN

Immerhin war das eigentlich meine Aufgabe...

SHOCK

... hab ich jetzt...

* Verpiss dich! Schandfleck der Nachbarschaft! Verrecke! Abschaum!

... ein neues Zu- hause...

DIE BLUTPRINZESSIN

DIE BLUTPRINZESSIN

14. Kapitel **Auferstehung**

Das eben tut mir echt leid, also bitte...

Lass dich nicht auf den da ein, Chika!

Lass uns zusammen nach Hause gehen!

Komm her, Chika!

Sei nicht so unverschämt!

Wo er mir doch gerade das Leben gerettet hat!

De...

„Den da"?

Der Kerl ist...

Du irrst dich!

Hä?

RSSS

Der Kerl ist nicht der, für den du ihn hältst...

Der Kerl...

DIE
BLUTPRINZESSIN

Osamu... deine Haare...

RSSS

...

WUSCH

Kh!

BRIK

KRIK

KRIK

Hör zu, Soichi! Keine Ahnung, warum du heute hier aufgekreuzt bist, aber...

... falls du planst, Chika oder mir irgendwas anzutun...

Und ich hab es auch nicht vor.

Keine Sorge, ich hab nichts gemacht.

Jedenfalls nicht heute...

ZING

... jage ich dich, verlass dich drauf!

Ich muss jetzt ...

Das hatte ich ganz anders geplant, aber...

S-sorry, Chika...

... ich bin gerade nicht...

Wir können uns ja ein andermal unterhalten...

...

Ah...

TAPP

Da ihr Redebedarf zu haben scheint, verabschiede ich mich erst mal.

Also bitte, geh heute...

Sorry, Chika... Irgendwann... irgendwann...

RIESEL

BRIK

... werde ich es dir erklären, versprochen!

RIESEL

RIESEL

RIESEL

BRIK

O...

Osamu ...

... allein nach Hause...

Aaah
...

STAPF
STAPF
STAPF

Osamu
...

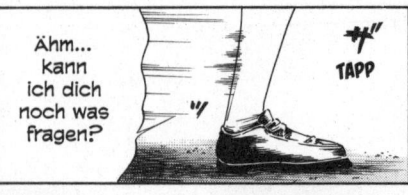

Ähm...
kann
ich dich
noch was
fragen?

TAPP

...

KARK

Was
meinte er
mit „jagen"?
Was denn
jagen?!

KARK

KARK

KARK

Und wieso
ist Osamu dir
gegenüber so
aggressiv?!

Seit wann
kennt ihr
euch denn?

KARK

KARK

KARK

KARK

KARK

KARK

Wer ist eigentlich „Miwako"?

... ähm...

Ääähm... und...

...

Du sagtest, Osamu treibt irgendwas mit ihr... also wer genau ist sie?

Sie ist eine Frau... offensichtlich, aber...

Wah!

Miwako ist...

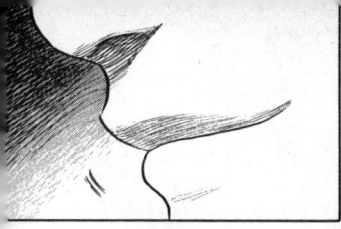

Was meinst du damit? Ich würde gern mehr über diese Frau er...

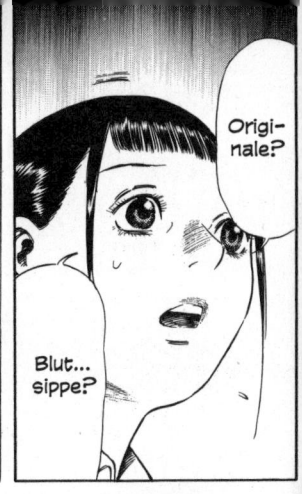

Originale?

Blut... sippe?

KNRSH

Ent-schuldige...

Aber ich bin in Eile, also...

Ich will wirklich wissen...

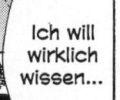

Halt, warte doch mal...

Ah!

SSST

KARK

KARK   KARK

KARK

KARK

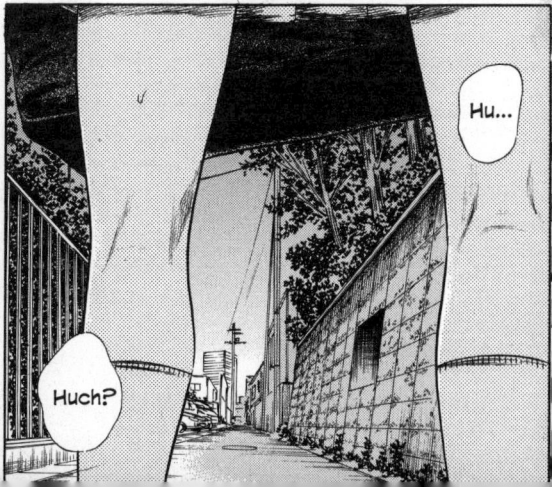

Hu...

Huch?

WAAH WAAH WAAH

Technische Oberschule Tokyo-Kunitachi

BSS BSS

Das von Tachibana?

Hey... habt ihr's schon gehört?

BSS

WAHAHA

10 E

GYAAAH

HAHA

BLA

BLA

Hahaha... echt jetzt? Wer will den denn in den Arsch ficken?

GRÖHL

Es heißt, er wurde er von einem Perversen entführt und den ganzen Monat, den er weg war, in den Arsch gefickt.

GRÖHL

PUTZ   PUTZ   PUTZ   PUTZ

Apropos, wissen die Schule und die Polizei überhaupt, dass er wieder da ist?

Tja... Vielleicht ist er entkommen? Oder er hat den Perversen ermordet, oder so...

Aber wieso ist er dann vor drei Tagen wieder hier aufgetaucht, als wär nix gewesen?

PUTZ   PUTZ   PUTZ   PUTZ

Yo... Tachibana!

STAPF   STAPF   STAPF

RUNGS

Klar?

Du bleibst nach dem Praxis-unterricht hier...

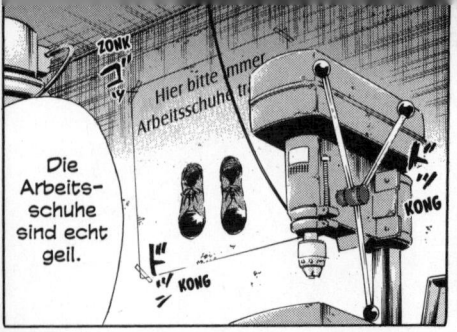

Die Arbeitsschuhe sind echt geil.

Hier bitte immer Arbeitsschuhe tr...

ZONK

KONG

KONG

Meine Füße tun nicht weh, egal, wie oft ich zutrete.

ZONK

ZONK

ZONK

ZOFF

Haha... Für den Getretenen ist es dafür umso schmerzhafter...

Wegen der Metallkappe...

Den kennst du doch! Tomoki Okada, der immer mit uns abhängt...

Tomo... ki?

Und du weißt echt nicht, wo Tomoki ist?

Obwohl ihr beide am selben Tag verschwunden seid...?

Denk an die 10.000 Yen* Mobbing-Schutz-gebühr für diese Woche. Ich hole sie mir in der Mittags-pause ab.

Hey, Tachibana! Machst du wieder blau, oder was?

Aaah...

STOOSH

Ich sage dir, wenn du dich nicht dazu herab-lässt, dir die für mich zu besorgen, bist du sofort tot.

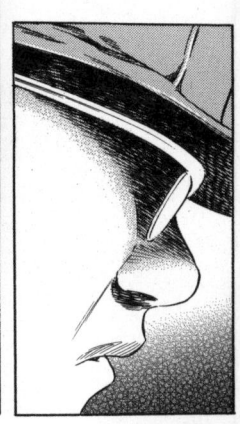

Pff...

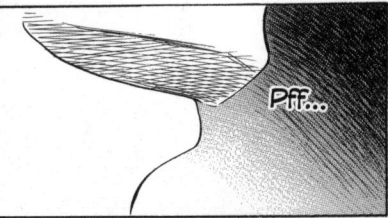

Oder stirb am besten gleich!!

Verpiss dich für immer!

Und überhaupt! Wieso kommt ein Stück Scheiße wie du zurück und Tomoki nicht, hm?!

GRIP

Was gibt's denn da zu grinsen, Tachiba-na?!

Freust dich wohl, dass Tomoki verschwunden ist, was?! Wichser!!

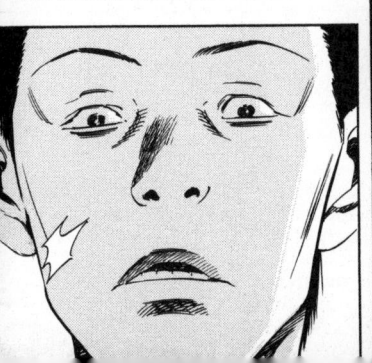

Hey, hör auf zu strampeln!

Uns so zu verarschen! Aber wenn du es drauf anlegst, gequält zu werden...

ZONK

ZONK

ZONK

VRUSH

... ramm ich dir gern irgendwas in den Arsch!!

PLING

Haha... Wahrscheinlich ist sie gar nicht groß genug für dich...

Die Feile ist total stumpf, also wird's schon nicht wehtun...

...

Hey, Tachibana! Wehe, du spritzt ab! Gyahaha!

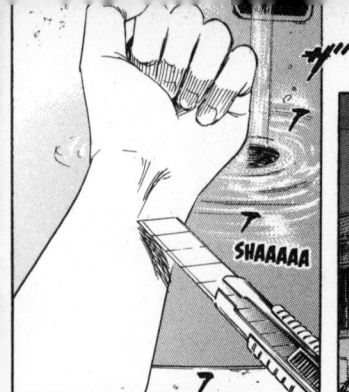

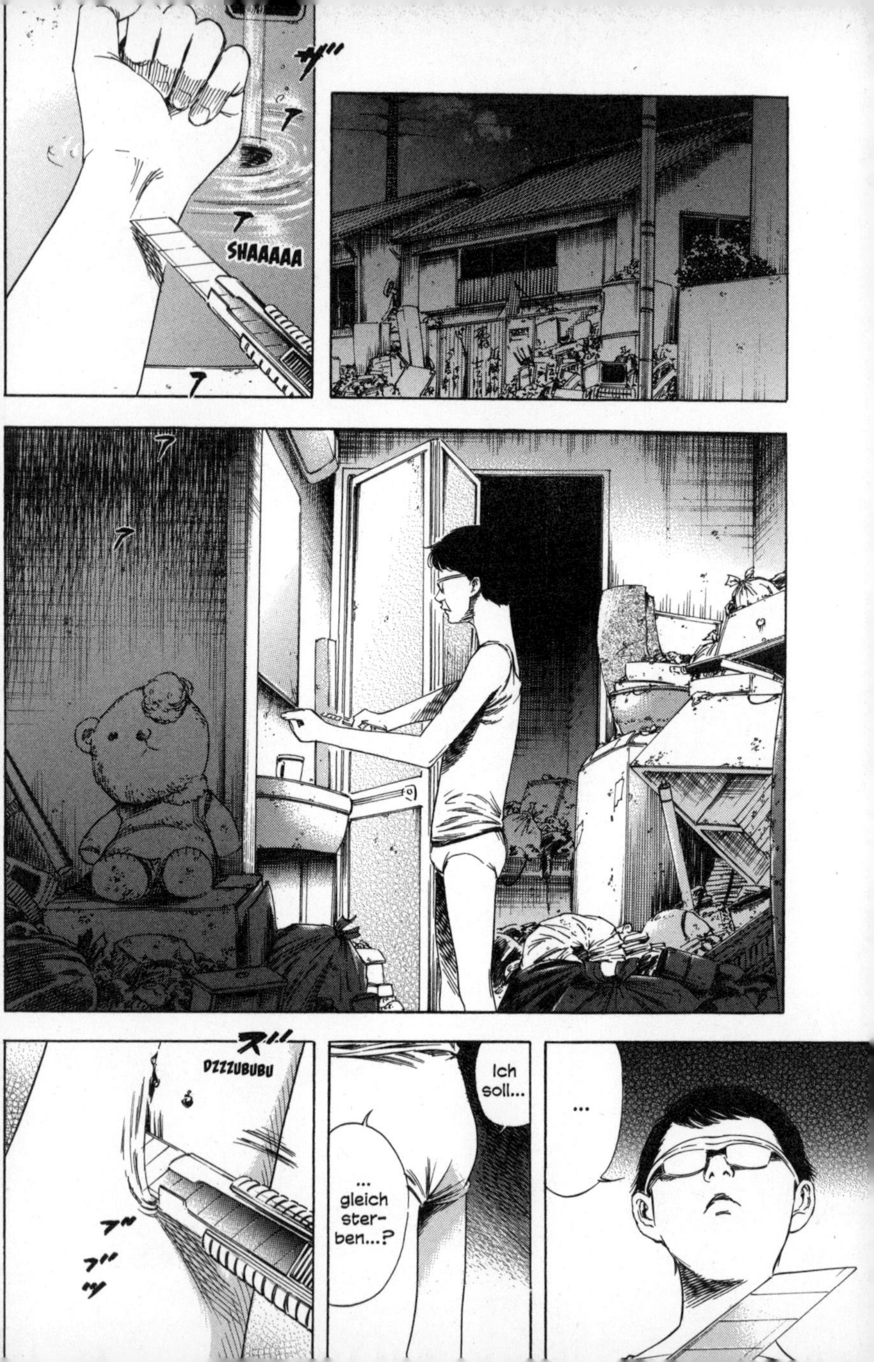

SHAAAAA

DZZZUBUBU

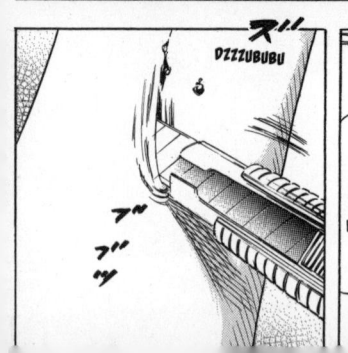

Ich soll...

... gleich sterben...?

...

SUFF

SUFF

SUFF

SUFF

KLICK

KLICK

KLICK

KLICK

KLICK

...

Und lasst euch nicht vernaschen!

Also dann, bis morgen!

Hahaha!

LÄRM

LÄRM

Ich muss noch mal weg...

KLICK

KLICK

...Mut-ter!

KLICK

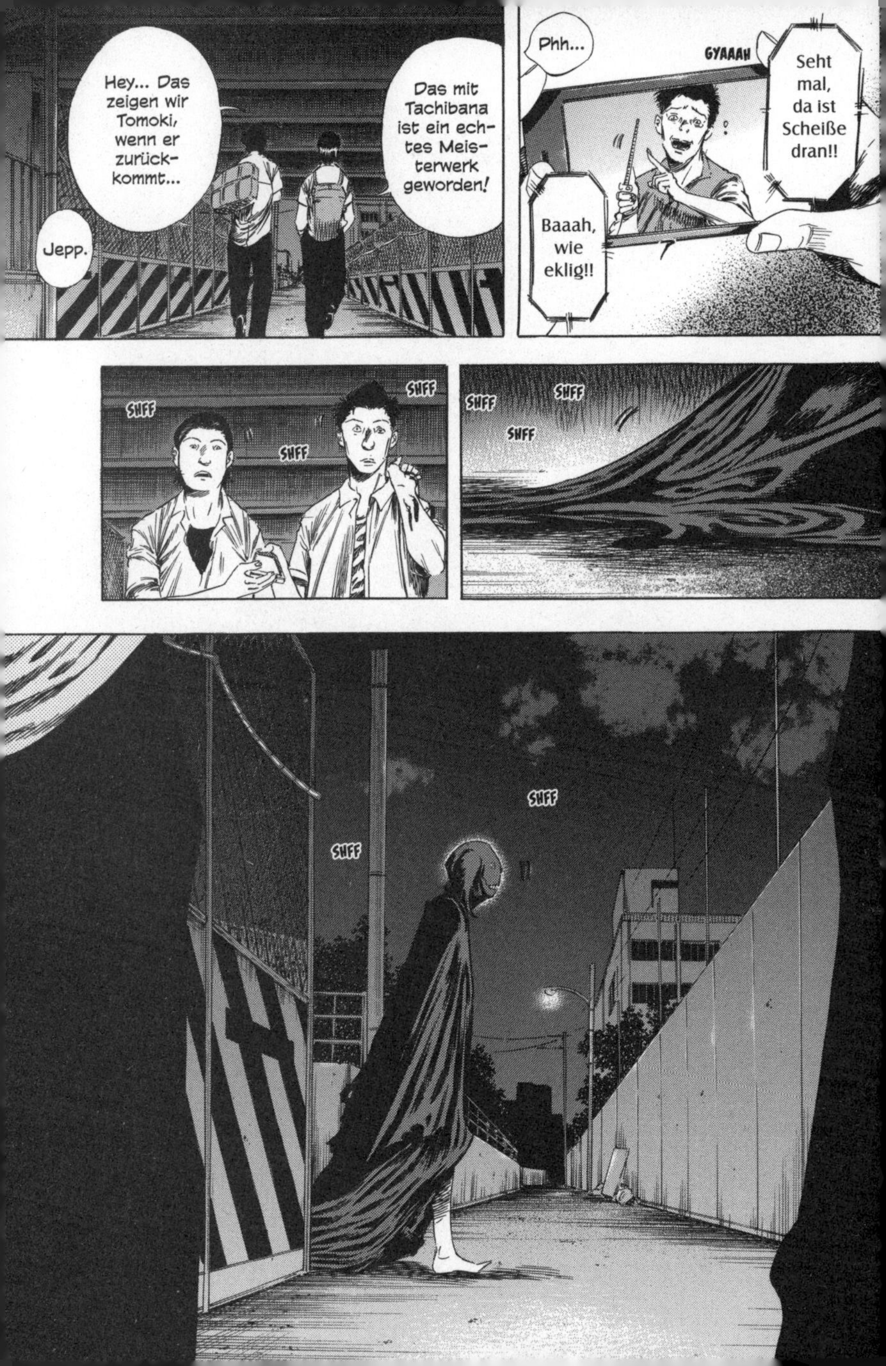

Hey... Das zeigen wir Tomoki, wenn er zurück-kommt...

Jepp.

Das mit Tachibana ist ein ech-tes Meis-terwerk geworden!

Phh...

GYAAAH

Seht mal, da ist Scheiße dran!!

Baaah, wie eklig!!

SNFF

SNFF

SNFF

SNFF

SNFF

SNFF

Hi...

Wer
bist du
denn?!

Ist doch
noch gar
nicht
Halloween...

●●●

...

Diese Stimme... Bist du's, Tachibana?!

Hä?! Was soll der Scheiß mit der Verkleidung?

Wollt ihr wissen, wo Tomoki ist?

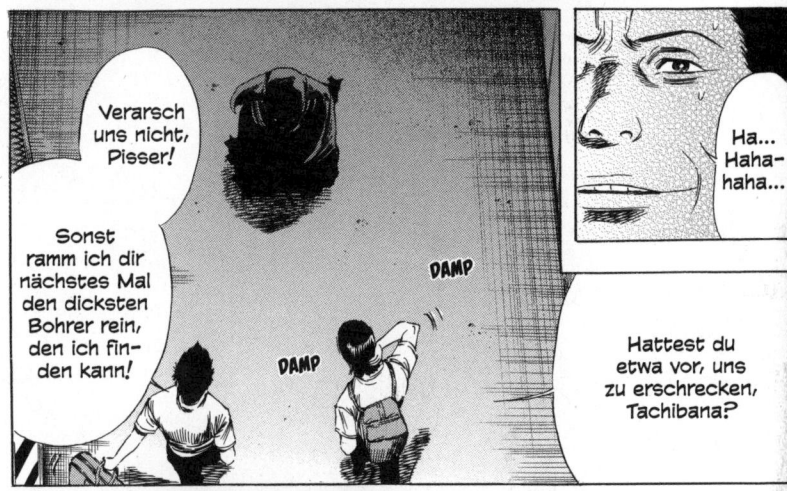

Verarsch uns nicht, Pisser!

Sonst ramm ich dir nächstes Mal den dicksten Bohrer rein, den ich finden kann!

DAMP

DAMP

Ha... Hahahaha...

Hattest du etwa vor, uns zu erschrecken, Tachibana?

Mach ich...

Okay...

SSST

Wenn ihr wollt ...

Wenn du weißt, wo Tomoki ist, dann sag es uns gefälligst gleich!!

Und überhaupt! Wieso hast du heute Mittag so getan, als wärst du ahnungslos?

GNIII

Hah...

Ah...

Auh...

KLAFF

SWUSH

Uh...

Hh...

FJUP

Hii...

RIIINN

VRUSH

Aber ich bin ja auch gerade erst ein Diener geworden... und wollte schon mal für den wahren Kampf trainieren.

Sorry, gegen Menschen ist die Jagdkralle wohl etwas zu viel des Guten.

Hmm... verste- he.

Fürs Kämpfen sollte das reichen, denke ich.

Dank euch weiß ich jetzt, wie es funktioniert...

Auch wenn mein Gegner ein Original ist...

WOOO

RASCHEL

Miwako
...

KLIMP

Allerdings ...

Freut mich, dass es dir gut geht...

Du bist also zurückge-kommen, Soichi...

SSST

Welche ...

... frage ich mich, wer dich wiederbe-lebt hat?

... meiner drei Schwestern war das?

Die Blutprinzessin Band 2 — Ende

Action

Tatsuki Fujimoto / Sakaku Hishigawa

CHAINSAW MAN - BUDDY STORIES

Buddy Stories erzählt drei Geschichten aus dem Chainsaw-Man-Universum, in denen sich alles um die Freundschaft beliebter Charaktere dreht: Die herrlich durchgeknallte Power als Detektivin mit ihrem Assistenten Denji, die gemeinsame Vergangenheit der unterkühlten Profis Quanxi und Kishibe sowie die frühen Tage als Teufelsjäger:innen von Himeno und Aki. Als Bonus gibt es noch eine richtige Perle, auf die Leser:innen der Serie schon sehnsüchtig gewartet haben dürften: Denjis und Powers Ausflug nach Enoshima!

Chainsaw Man - Buddy Stories
Einzelband ISBN 978-3-7555-0091-9
€ 12,00 [D]

MANGA
漫画

www.egmont-manga.de

EGMONT

www.egmont-manga.de
Unsere Bücher findest du im
Buch- und Fachhandel und auf

www.egmont-shop.de

„Die Blutprinzessin" 02 von Hirohisa Sato
Aus dem Japanischen von Claudia Peter
Originaltitel: SHIGAHIME

Originalausgabe:
SHIGAHIME
© 2017 by HIROHISA SATO / COAMIX
Approved No.ZCW-109G
All Rights Reserved.
First Published in Japan in Monthly Comic ZENON by COAMIX, Inc., Tokyo
German translation rights arranged with COAMIX, Inc., Tokyo
through Tuttle-Mori Agency, Inc., Tokyo

Deutschsprachige Ausgabe:
© 2023 Egmont Manga
verlegt durch Egmont Verlagsgesellschaften mbH,
Ritterstr. 26, 10969 Berlin

1.Auflage 2023
Verantwortlicher Redakteur: Marco Walz
Gestaltung: Laura Bartels
Koordination: Angelika Schönhuber
Printed in the EU
ISBN 978-3-7555-0165-7

Die Egmont Verlagsgesellschaften gehören als Teil der Egmont-Gruppe zur
Egmont Foundation - einer gemeinnützigen Stiftung, deren Ziel es ist, die sozialen,
kulturellen und gesundheitlichen Lebensumstände von Kindern und Jugendlichen zu
verbessern. Weitere ausführliche Informationen zur Egmont Foundation unter
www.egmont.com

SUTOPPU!

Koko wa kono manga no owari dayo.
Hantaigawa kara yomihajimete ne!
Dewa omatase shimashita!
Tanoshii hitotoki wo dozo!

Egmont-Manga-Chiimu

STOPP!

Das ist der Schluss des Mangas.
Fangt bitte am anderen Ende an!
Und nun genug der Vorrede,
viel Spaß beim Lesen!

Euer Egmont-Manga-Team